LES ENFANTS

DE LOUISETTE

LES ENFANTS
DE LOUISETTE

PAR

Mlle MIALLIER

LAURÉAT DE L'ACADÉMIE FRANÇAISE

80 COMPOSITIONS

DE MM. MAITREJEAN, L. LEGUEY, FAURET, ETC.

(Sixième Mille)

PARIS

LIBRAIRIE DUCROCQ

55, RUE DE SEINE, 55

CHAPITRE PREMIER

TRAVAILLE! TRAVAILLONS!!
TRAVAILLEZ!!!

—Je t'en prie, mon petit Jacques, mon bon petit cousin, obtiens de papa qu'il me fasse grâce!... Il ne saurait rien te refuser à toi qu'il aime tant!... D'abord, parce que tu es le fils, l'aîné de *tante Louïsette;* puis, parce qu'il ne peut être assez cruel pour me tant punir!

« Oh! me priver d'aller voir la mer!... Me priver de faire, avec vous tous, l'excursion du Mont-Saint-Michel à cause de cette version détestable :

« *Vulpes negavit se esse culpæ proximam !* »

« Est-ce qu'on croit que je m'amuse à piocher ce latin-là? Ah! bien, ouiche!... Ça m'émeut profondément de traduire cette vieille langue en *us* qu'on ne parle même plus.

« Encore, si je devais être professeur ou prêtre ou médecin, je comprendrais qu'on me fît étudier cette langue morte et archi-morte; mais puisque je veux être marin!... Qu'ai-je besoin d'embrouiller ma cervelle avec toutes ces déclinaisons baroques *bonus, bona, bonum?*... Est-ce que les matelots se parlent en latin?

— Il faut être obéissant, Yves, répliqua le sage petit Jacques Deport; si l'oncle Louis te force à apprendre le latin, c'est que cette étude est nécessaire à la carrière que tu te proposes de suivre. Les parents savent bien ce qu'il nous faut, va; suppose qu'ils nous laissent libres d'agir à notre guise, qu'est-ce que nous apprendrions?

— Pas du latin, bien sûr!

— Nous jouerions du matin au soir; nous n'apprendrions rien du tout, parce que l'étude ce n'est pas folichon... c'est sévère! Et puis, quand nous serions grands, nous ne connaîtrions rien, rien, rien; nous serions des ignorants incapables de gagner notre vie... Ce serait bien glorieux!

— Toujours un sermon en réserve, ce Jacques! Il est étonnant! Pour un gamin de neuf ans, il promet! Ma parole, tu es étonnant!

— Enfin, ai-je raison ou non? Tu dis qu'à seize ans, tu voudrais entrer à l'école du *Borda*, par conséquent dans quatre ans. Crois-tu qu'on t'y accepterait, si tu ne savais rien?

— Tu me crois donc bien sot! ... Je n'ignore pas qu'à ce concours on demande autre chose que de savoir jouer aux billes; mais ce n'est pas tout ça qui m'empêche de dire que ce latin-là m'assomme! *Vulpes* « le renard », *negavit* « nia »,

et patatibus et patatatum... Comme c'est intéressant, tout de même !

« J'aimerais mieux être mousse, oui, mousse ! laver les ponts, grimper dans les mâts, que d'être là, assis à traduire ce que je n'aime pas, ce que je comprends mal et qu'on me force, malgré tout, à admirer, comme si l'admiration était soumise à l'obéissance!

« Oh ! revoir la mer ! la revoir, quel bonheur !... Elle seule,

pour moi, est admirable !... Les mousses sont bien heureux,
tous les jours, à tout instant, ils peuvent la contempler, la sentir,
l'entendre !... Que je voudrais être mousse !

— Tu sais bien, mon pauvre Yves, que ton père ne consenti-rait jamais à signer ton engagement; à
quoi bon rêver de choses irréalisables !
Tu ferais bien mieux de te dépêcher à tes
devoirs; l'oncle Louis, en voyant ta bonne
volonté, te pardonnerait peut-être, et t'em-
mènerait, avec nous trois, au Mont-Saint-
Michel.

— Tiens, tiens; te voilà comme papa,
toi? Au lieu de me plaindre, tu ne sais
que me rabâcher : « Travaille, travaille ! » L'ai-je entendu pro-
noncer souvent, ce malheureux verbe !

« Travaille, travaillons, travaillez !

« Travaille ! Eh oui, je le veux bien; mais à condition de ne
pas faire toujours ce qui me déplaît... ce latin-là, par exemple...

« Écoute, mon petit Jacques, sois gentil pour moi : va trouver
papa; tâche d'être éloquent. Si tu fais lever ma punition, je te
donnerai tout ce que tu voudras... J'ai cinq francs dans ma
bourse; avec cet argent, je t'achèterai une superbe locomotive. »

Ce dialogue avait lieu, par une chaude journée d'août, dans une
des salles d'étude du collège d'Avranches, entre deux charmants
petits garçons, l'un Yves Hubert, respectable étudiant de douze
ans, fils de M. Louis Hubert, principal dudit collège; l'autre,

Jacques Deport (neuf ans). Son père, ingénieur de grand avenir, retenu à Paris par d'importants travaux, avait épousé la sœur du principal (cette jeune orpheline dont nos lecteurs ont suivi l'histoire attendrissante dans notre livre intitulé *Louis et Louisette*)[1].

Seule, la jeune Mme Deport avait donc conduit et son fils, avec qui nous avons déjà fait connaissance, et sa fille, la petite Henriette, délicieuse enfant de six ans.

L'oncle Louis adorait sa nièce. « En la voyant, disait-il souvent à sa sœur, il me semble te voir!... Revoir ma Louisette au temps lointain déjà où, seuls, dénués de tout et si jeunes tous les deux (tu avais alors l'âge qu'a ta fille; moi, quatorze ans), nous quittions Paris où notre chère mère venait de succomber! Nous allions, pauvres enfants, nous tenant par la main; toi, jolie comme un frais bouton de rose, pleine de gaieté et d'insouciance; moi, grave et inquiet, envisageant l'avenir qui ne s'annonçait pas réjouissant, car nous nous acheminions vers l'école normale de Caen où j'étais engagé, non comme élève, hélas! mais comme petit domestique chez les parents de celui qui devait être ton mari douze ans plus tard.

« Comme ils ont été bons pour moi! Avec quelle sollicitude ces dignes maîtres m'ont retiré, pour m'élever jusqu'à eux, du métier infime où les malheurs m'avaient fait descendre! car ce sont eux, les excellents amis, qui m'ont pris, moi, pauvre orphelin, ignorant; eux qui m'ont instruit, qui, par leurs conseils

[1] *Louis et Louisette*, Librairie Ducrocq.

pratiques, m'ont conduit à la situation honorable et enviée dont je jouis à présent... Et toi, ma Louisette, ma petite sœur (laisse-moi encore t'appeler ainsi, c'est si bon), comme ils t'ont aimée ! comme ils ont fait de toi la charmante compagne de leur fils unique[1]!... »

Puis, les idées s'associant, les souvenirs arrivèrent à la suite, et un flot de reconnaissance envahit le cœur du frère et celui de la sœur, pour les êtres si bons de qui ils tenaient tout.

— Eh bien, Jacques, oui ou non, te décides-tu à demander ma grâce ?

— Je veux bien, Yves, aller trouver l'oncle Louis ; mais je crois cette démarche inutile : il est très courroucé contre toi.

— Tu crois, qu'au fond, papa est très mécontent ?

— Oh ! j'en suis sûr ; il a pris sa grosse voix pour te dire : « Yves, vous n'êtes qu'un rêveur, un fantaisiste, un paresseux ! » Tu sais, quand il nous dit *vous,* c'est fort sérieux !

— Quel guignon !... si vraiment j'allais être coffré... brrou ! J'en ai la chair de poule... je ne m'y résignerai pas : je brise-rais plutôt vitres et serrure !

— C'est ta faute, après tout, tu n'es pas malin, va, Yves ; tu attends toujours la dernière minute pour commencer les devoirs qui t'ennuient ; tout ton temps, tu le passes à dessiner des bateaux, des marins ; à faire de grands traits ondulés que tu appelles la mer ; les heures filent ainsi. Et puis après... écope, mon vieux !

— Dis donc, toi, quand auras-tu fini, avec tes sermons ? J'ai

---

[1] *Louis et Louisette.*

assez de ceux que me font et papa et ma tante et ma sœur Marie,
par-dessus le marché, sans que tu t'en mêles, monsieur mon
cousin! Ça ne lui va pas mal, à lui le fabricateur de locomotives,
de blaguer mes bateaux...

— Est-il rageur, cet Yves! Si ça t'amuse de faire *des petits
bateaux qui vont sur l'eau,*
fais-en, mais seulement
quand ta tâche est finie : tu
es toujours puni et c'est si
triste d'être puni ! Regarde-
moi, j'ai fait des locomotives, c'est vrai ; mais auparavant, j'avais appris mes
dix lignes d'allemand...
Écoute si je le sais bien, mon
allemand : *Es gingen drei
Jäger wohl auf die Bursch,*
Sie wollten erjagen den weissen Hirsch, Sie legten sich unter [1]...

— Oh ! mais, tu m'assommes avec ton *Geplapper* (charabia) !
Encore une fois, veux-tu, ou non, demander ma grâce à papa ?

— J'y cours ; mais, vraiment, il faut que je t'aime bien et que
je veuille absolument t'éviter ce grand chagrin de ne pas voir
la mer, car tu n'es guère aimable pour moi : et tu me reçois
comme un chien dans un jeu de quilles.

---

[1] Trois chasseurs allèrent à la chasse; ils voulaient chasser le cerf blanc; ils se cou-
chèrent sous...

Hélas! hélas! Jacques eut beau prodiguer câlineries, promesses et prières, ce fut en vain; M. Louis Hubert fut inflexible! Tous s'y mirent alors, tous entourèrent le père d'Yves: Jacques d'abord, puis la grande sœur Marie dont on venait de fêter le quatorzième anniversaire et qui, en raison de son âge et de sa raison précoce, exerçait une grande influence sur la bande, puis la mignonne Henriette, à laquelle l'oncle Louis ne savait pas résister.

— N'insistez pas davantage, mes chers enfants, n'insistez pas! Si vous saviez comme il m'est pénible de vous refuser la grâce que vous sollicitez avec tant de gentillesse! et surtout si vous saviez combien je souffre de faire souffrir mon petit Yves en le privant d'un plaisir qui, pour lui, est le plaisir suprême... car je connais la fascination que la mer exerce sur son organisation enthousiaste! Mais il a besoin d'une punition forte dont il conservera le souvenir vivace et salutaire.

— Oncle Louis, pardonne! supplia la petite Henriette en levant ses menottes jointes.

— Mon devoir strict est de savoir résister aux sollicitations de ma tendresse, dit M. Hubert en repoussant, bien doucement, les caresses de sa nièce; je dois, par tous les moyens possibles, chercher à vaincre, je ne dirai pas sa paresse, il n'est jamais oisif, mais la fantaisie et l'irrégularité de son travail. Croyez bien, mes petits amis, qu'il est des sévérités qui coûtent beaucoup, beaucoup aux parents.

— Puisque ça te fait du vrai chagrin de le punir, oncle Louis,

punis-le pas !... Comme ça, tu n'auras pas de chagrin, tu seras
content, et tous les quatre, moi, Yves, Jacques, Marie, nous
serons aussi très contents?

Est-il besoin de dire que cette réplique extra-logique avait
pour auteur Mlle Henriette.

« Ma chère petite nièce, sache bien que, dans la vie, ce n'est
pas ce qui plaît le plus qui doit être fait de préférence. Ainsi,
dans cette occasion, suppose que j'aie la faiblesse de pardonner
à ton cousin Yves qui, depuis trois jours, sait ce qui l'attend et
n'a pas pour cela modifié sa manière de travailler, certain
qu'il est de voir le courage me manquer pour lui infliger une si
dure punition, eh bien, je serais un papa coupable.

« Il faut être très indulgent avec les enfants ; mais il ne faut
jamais que cette indulgence aille jusqu'à la gâterie.

— Alors, pourquoi que tu me gâtes, moi? Tout le monde dit :
« Henriette, c'est le bébé gâté de l'oncle Louis ; il fait tout ce
« qu'elle veut !... »

— Tu trouves, toi, interrompit Jacques, que l'oncle fait tout
ce que tu veux, juste au moment où il te répond « Non » à ce
que tu lui demandes ? Eh bien, elle n'est pas difficile, ma sœur.
L'oncle Louis fait tout ce que je veux ; je veux qu'il pardonne
à Yves ; donc *il ne pardonnera pas !* On voit clairement que tu
n'as jamais étudié les *syllogismes,* ajouta-t-il avec un irrévé-
rencieux dédain (c'était du matin même que Jacques connaissait
ce mode d'argument), et d'un ton doctoral : Le syllogisme se compose de trois propositions : la majeure, la mineure et la conséq...

— Qu'est-ce que c'est que ça, syllogisme? C'est-il un pays,
dis? ou une bête?

— Alors, papa, dit la raisonnable Marie, Mlle Marie, comme
on l'appelait au collège, si Yves ne doit pas faire partie de l'excursion au Mont-Saint-Michel, permets-nous d'y renoncer : je
suis bien sûre que Jacques m'approuve.

— Oh! oui, je t'approuve! Privés d'Yves, cette belle promenade ne sera plus agréable, mais triste comme un enterrement,
répondit le bon petit Jacques.

— Pauvre Yves, continua Marie, s'il était là, dirons-nous
à propos de tout, comme il serait heureux ? Que fait-il en ce
moment? Il pleure, il se désole... et nous nous désolerons aussi
en pensant à son chagrin !

— Bonne et généreuse enfant, chère petite Marie, n'insiste pas plus longtemps... Je sens que je faiblis et, dans l'intérêt de ton frère, je ne dois pas faiblir, dit M. Louis Hubert en posant sa main caressante sur la tête de son aînée ; coupons court.

« Le break viendra nous prendre vers dix heures, comme il était convenu, et nous partirons sans Yves, puisqu'il n'a pas eu la force de s'astreindre, pendant un après-midi, à un travail régulier. »

Les enfants se retirèrent la tête basse, silencieux, consternés ! Mais, au moment de quitter le cabinet du principal, Henriette se retourna vivement ; ses beaux yeux étaient pleins de larmes et, de l'index de sa main droite, esquissant un geste menaçant, elle cria, plus qu'elle ne dit :

« Méchant oncle Louis, je ne t'aime plus, voilà ! »

Oh ! elle ne s'annonçait pas gaiement du tout, cette belle partie dont tous s'étaient réjouis six mois à l'avance.

CHAPITRE II

PORTRAITS D'ENFANTS

———

Les quatre enfants, — nous disons quatre enfants, malgré les quatorze ans de Marie qui en font presque une jeune fille et quelle aimable jeune fille ! — donc les quatre enfants dont nous avons esquissé les silhouettes dans le chapitre précédent, étaient bien les plus charmants enfants que l'on pût voir, si l'on entend ce mot « charmant », dans son sens étymologique, par conséquent dans le sens d'agréable, d'extrêmement sympathique, qui touche le cœur en enchantant les yeux.

D'ailleurs que nos lecteurs en jugent d'après les portraits qui suivent.

L'aînée, Marie, était la jeune fille modèle que toutes les mamans donnaient en exemple à leurs enfants.

M. Louis Hubert, son père, était veuf depuis trois ans, et, s'il avait eu le courage de supporter l'épreuve terrible, c'était bien grâce à sa fille : cette enfant était devenue l'âme de la maison.

La douleur immense qu'avait éprouvée l'époux, lors de la séparation cruelle d'avec sa chère compagne, s'amortissait peu à peu dans la sérénité, la paix, l'ordre de son intérieur.

Il appréciait la raison précoce de sa fille, se reposait entièrement sur elle de ces multiples détails d'intérieur, pour lesquels l'homme est si incompétent.

Rien n'était plus touchant que de voir cette jeune maîtresse de maison, une enfant presque, veiller attentivement au bonheur de son père qu'elle aimait d'une tendresse profonde et concentrée.

Une douceur sereine éclairait son visage gracieux qu'un rien faisait rougir ; l'égalité de son caractère était parfaite. D'elle, sans exagération, on pouvait dire qu'elle avait *toutes les douceurs*.

La douceur d'humeur, car jamais elle ne se laissait aller à la bouderie ; les observations ou les contrariétés, elle les acceptait sans aigreur comme sans rancune.

La douceur de conduite : ne s'opiniâtrant pas dans ses opinions, les soutenant volontiers quand elle croyait être dans le vrai, bien qu'ayant en horreur la discussion et la contradiction, mais sans s'emporter jamais ; se laissant convaincre dès qu'un argument raisonnable lui était opposé et convenant de son erreur, très simplement.

Enfin, elle possédait la douceur du cœur qui lui faisait penser plus aux autres qu'à elle-même et éviter scrupuleusement tout sujet de querelle, entretenant autour d'elle une atmosphère de paix et de quiétude.

Point vaine, ni légère, ni coquette ; d'instinct, tout naturellement, elle avait banni de sa parure les colifichets qui font le bonheur de tant de fillettes ; elle avait l'amour de la simplicité : à cause de cela, précisément, sa mise était toujours du meilleur goût.

Jamais cette délicieuse fille n'était inoccupée ; son grand souci était de prévoir que rien ne manquât à son père. Était-ce l'heure du repas ? M. Louis Hubert quittait son bureau pour rentrer dans un intérieur frais, sentant bon, rangé, égayé par des herbes ou des fleurs de la saison que Marie, au cours de ses promenades, cueillait dans les belles prairies d'Avranches et qu'elle arrangeait ensuite dans des potiches et des fleuriers avec un goût exquis, bien féminin. Et puis la table avec ses trois couverts (Yves ne prenait pas ses repas avec les élèves, au réfectoire, mais chez

3

son père), donc la table dressée soigneusement, avec des mets
sains et bien faits, avait quelque chose qui plaisait aux yeux et
à l'odorat, mettant en éveil l'appétit et la gaieté.

Elle veillait aussi, l'active fillette, à ce que le linge, bien
entretenu, fût toujours en bon état. Deux fois par semaine, une

ouvrière à la journée venait au collège; Marie, alors, s'installait
à côté de cette ouvrière et faisait une reprise ici, mettait une
pièce là, observait bien la manière dont procédait la lingère,
puis cherchait à l'imiter et, grâce à une attention soutenue et à
une adresse remarquable, elle réussissait presque toujours.

Le soir, après le dîner et pendant qu'Yves faisait ses devoirs,
elle étudiait sous la direction de son père. Tout l'intéressait, la
captivait; les principes élémentaires des sciences physiques lui
ouvraient de vastes horizons; l'histoire naturelle plutôt insinuée

qu'enseignée, l'attirait, car elle aimait à se rendre compte des
phénomènes simples et grandioses de la nature. Elle étonnait
souvent son père par l'exactitude et la minutie de son esprit
observateur, non moins que par la netteté et la précision de
son raisonnement. Cette netteté et cette précision de raisonnement étaient surtout sensibles pour l'histoire : sans fatigue, elle
savait démêler les causes des effets et des conclusions. Il est
juste de dire qu'elle avait un professeur remarquable, excellent ;
mais combien d'élèves... de ma connaissance, qui, même avec
de bons professeurs, ne voient dans l'histoire qu'une indigeste
compilation de faits et de dates !...

Mais, au-dessus de l'histoire, au-dessus des sciences naturelles,
ce qu'elle aimait, c'étaient et la littérature et la musique.

Son imagination, qui était vive bien que retenue par bon sens
et discrétion, l'avait fait s'éprendre de grande passion pour les
héros de Corneille et les héroïnes de Racine. La bravoure du
Cid, portant si haut le point d'honneur, la grandeur d'âme de
Polyeucte, les malheurs et l'amour maternel d'Andromaque la
touchaient jusqu'aux larmes. Sur le petit Éliacin aussi, elle s'at-
tendrissait, et en voulait au bon La Fontaine qui, disait-elle,
« n'aimait que les bêtes ! » (Ce qui est faux ; mais est-ce à l'âge
de Marie qu'on sait apprécier tout l'art et la philosophie de notre
incomparable fabuliste ?)

Quant à la musique, elle l'aimait profondément, elle l'avait
toujours aimée. Toute petite fille, elle y avait été sensible.
Lorsque sa pauvre et regrettée maman jouait quelques mor-

ceaux de maîtres, elle en écoutait les accords et la mélodie avec
une componction, un recueillement profond. D'ailleurs tout son

musical, quel qu'il fût, lui plaisait infiniment : la fanfare avec ses
flonflons, ou l'orgue ambulant, ou l'accordéon, ou la flûte de
l'aveugle.

Aussi, lorsqu'il avait été question de lui faire étudier le piano, sa joie avait été si grande que, sans répugnance, sans découragement, elle avait surmonté les premières difficultés de cette étude pénible. Sous la direction de Mme Louis Hubert qui, elle aussi, était excellente musicienne, l'enfant avait passé de longues heures à faire des exercices d'agilité, des gammes dans tous les tons et les modes; jouant bien des doigts et non des bras comme... (chut! ne nommons pas), sans mollesse et sans dureté.

Le mode mineur, avec sa teinte mélancolique, la charmait surtout! Le résultat de ce goût très prononcé pour la musique et de cette application était qu'aujourd'hui, connaissant bien son instrument, sachant s'en servir avec goût et méthode, elle avait, à peu de chose près, le génie de l'exécution. Par une inspiration soudaine, elle saisissait la pensée du Maître et la rendait avec facilité et précision.

Son compositeur d'élection était Beethoven; elle jouait ses sonates sublimes, sans affectation, avec grâce et sentiment. C'était un plaisir exquis de l'entendre; elle savait animer chaque phrase musicale et faire passer, dans l'âme de ceux qui l'écoutaient, le sentiment que le compositeur avait eu dans la sienne!

Elle s'était, à la mort de la maman, instituée professeur de piano de son cher petit Yves.

Rude tâche! Rude tâche!... Non que l'enfant n'aimât pas la musique; mais, au beau milieu d'une étude de Czerny que Marie lui faisait péniblement déchiffrer, il s'arrêtait net, essayait un

trémolo bizarre sur les touches basses du piano, en mettant les
deux pédales.

« Écoute, Marie... Oh! écoute!... On dirait que la mer
monte! »

La mer! toujours la mer!...

C'est que la mer exerçait sur ce jeune garçon un charme fas-

cinateur! La mélopée des vagues qui se soulèvent, qui retombent
pour se soulever encore, le saisissait tout entier, le roulait, l'hyp-
notisait. La mer, avec le bruit de ses flots, c'était pour Yves la
vraie, la seule musique qui existât, musique céleste, divine!

Tout petit, dès qu'il commença à comprendre, son grand bonheur était d'entendre raconter les voyages au long cours de son
aïeul maternel, un capitaine de vaisseau, savant et brave, qui
avait fait la campagne du Tonkin et qui, après avoir commandé

une action d'éclat, était tombé, lorsque tout danger semblait
avoir cessé, la poitrine trouée par une balle égarée, venue on ne
sut jamais d'où...

« Moi, entendait-on dire à Yves, à peine avait-il quatre ans.
Moi, serai comme grand-père X...! serai marin! » Et sa petite
taille se redressait fièrement, et, d'un geste
très crâne, il repoussait ses superbes cheveux
blonds et bouclés qui faisaient l'orgueil de sa
mère: « Oui, serai marin et verrai tous, tous
les pays! »

En l'entendant parler ainsi, le père et la
mère se regardaient avec angoisse, en songeant à l'avenir de cet enfant, à son caractère et à ses goûts aventureux!

Vers l'âge de sept ans, sa santé ayant
donné quelque inquiétude, ses parents l'avaient envoyé au bord
de la mer dans une famille de pêcheurs, braves gens d'un
dévouement solide, qui habitaient, à quelques lieues d'Avranches
le petit port de Carolles, délicieux village côtoyé par la Manche,
avec, comme perspective, le grandiose Mont-Saint-Michel.

A plat ventre sur les grèves, l'enfant restait des heures et des
heures à contempler cette nappe mouvante. Son œil dilaté,
comme dans une extase de béatitude, révélait une affinité profonde, mystérieuse et impérieuse entre l'âme de cet enfant et
l'immensité de l'Océan.

Et, lorsque la marée montante faisait entendre un tonnerre

incessant, lorsque les vagues courant à l'assaut bondissaient par-
dessus les écueils et venaient, furieuses, battre la base des
falaises, l'enfant se transfigurait! Il lui semblait assister à un
combat de géants, dans lequel il n'aurait pas eu, seulement, une
part contemplative, mais active, mais dirigeante.

Un jour, le vent d'ouest soufflait avec violence; la mer était
très agitée; les lames couraient les unes après les autres, s'agrip-
pant furieuses, et, en se heurtant, se couvraient d'une écume
blanche. Ces lames, qui devenaient toujours plus hautes, laissaient entre elles des vides qui creusaient. Quelques barques de
pêcheurs qui s'étaient attardés, rentraient péniblement, mon-
tant sur les vagues, sans secousse, redescendant en glissant dans
les vides. A tout moment, elles semblaient s'engloutir sous un
paquet de mer.

L'enfant, anxieux, suivait des yeux ce spectacle. Tout à coup,
se levant, d'une voix impérieuse il cria aux pêcheurs :

« Ohé! Carguez les voiles!... Virez de bord!... Ferme à la
barre!... »

Quelques pêcheuses, attirées, elles, par le gros temps et pla-
cées contre l'enfant, le regardèrent avec surprise. Une d'elles se
prit à dire :

« Pour sûr qu'il en a, le p'tiot, du sang de marin dans les
veines et du sang de bon marin! Ça, on peut le dire! »

A l'époque des grandes marées, grimpé sur une falaise à pic,
que l'eau ne submergeait jamais, les cheveux au vent, le petit
Yves Hubert, muet, superbe, attendait pour redescendre de son

observatoire que l'eau se retirât avec un grondement sourd et profond.

Plus tard, ses études s'étaient ressenties de cette formidable attraction.

Pourquoi, dédaignant la grammaire, les langues et les sciences, avait-il appris avec délices l'histoire du peuple grec?

Pourquoi? C'est que, dans chacun des récits sur ce peuple, l'enfant entrevoyait la mer! Entre chaque ligne de l'*Odyssée* d'Homère, il percevait comme le bruit d'une lame de marée montante, étalant sa nappe d'écume, sur les galets d'une plage! Cette contrée grecque entourée par la mer, avec ses côtes dentelées, déchiquetées, aux profondes échancrures, avec ses îles enso-

4

leillées de Syra, de Paros, de Thermia, d'Egine, de Zéa, c'était encore la mer ! Au gré de sa fantaisie, il abordait sur ces îles classiques, aujourd'hui si désolées mais si fécondes en souvenirs.

De l'histoire moderne, il ne connaissait bien que deux siècles : le xve et le xvie, c'est-à-dire l'époque où la découverte de la boussole, permettant aux marins de s'orienter à toute heure et par tous les temps, donnait l'essor aux grands navigateurs, ouvrait l'ère des grandes découvertes géographiques.

Avec une puissance d'imagination étonnante, Yves en arrivait à se substituer à ses héros.

Vasco de Gama, c'était lui, Yves Hubert : il domptait et la révolte des flots et celle de l'équipage ; lui qui pénétrait dans la mer des Indes où nul Européen n'avait encore navigué ; lui aussi qui, remontant vers le nord, longeait les côtes brûlantes d'Afrique, rencontrait le royaume arabe du Mozambique et celui de Mélinde, touchait la côte de Malabar, à l'ouest de l'Hindoustan, où il trouvait Calicut.

Certes, l'enfant admirait et enviait le sort de l'Espagnol Balboa qui s'avança dans l'isthme de Panama et, du sommet des montagnes qui traversent cet isthme, aperçut l'océan Pacifique ; il admirait aussi et enviait Fernand Cortez et Pizarre ; mais son héros de prédilection, c'était Christophe Colomb.

Yves, s'indignait des dix années de rudes épreuves et de déboires dont on avait abreuvé l'intrépide navigateur.

Avec son imagination d'enfant qui grossit tout, il ressentait

violemment les humiliations et les tortures morales qu'on
avait infligées à son héros. Il s'enflammait à la lecture de ses
voyages merveilleux dont aucun détail ne lui était étranger ; il en

connaissait les points de relâche et les péripéties de toute sorte.

Oh ! son premier voyage ! Quel rêve !... Soixante-douze jours
de navigation en plein océan !

Et partout, sur les marges de ses cahiers de classe, sur celles
de ses livres, c'étaient des caravelles, dessinées avec amour, ou

des portraits représentant son grand homme de face, de profil,
en pied, assis, un planisphère sur ses genoux.

Il avait appris, en une heure, la page des *Messéniennes* de
Casimir Delavigne où Christophe Colomb lutte contre l'équipage
qui demande sa mort.

« En Europe ! En Europe ! »

crient les matelots révoltés, las de parcourir des mers qui n'ont
pas de rive.

« Trois jours, leur dit Colomb, et je vous donne un monde. »

En disant ces mots, la voix du petit homme (il se croyait Colomb
à ce moment) prenait des intonations si douces, si suppliantes,
qu'il aurait attendri le cœur le plus sec.

Et quand il en arrivait aux vers :

« Et son doigt le montrait, et son œil, pour le voir,
« Perçait de l'horizon l'immensité profonde, »

l'enfant subissait réellement une transfiguration complète. Il
était dans l'océan sur une caravelle, debout au gaillard d'avant ;
ses narines frémissantes aspiraient la brise marine ; « son œil »
à lui, Yves Hubert, le voyait ce point, et son bras tendu « le
montrait ».

.   .   .   .   « Et la sonde !
« Plonge et replonge, en vain, dans une mer sans fond ! »

A ce passage, Yves se livrait tout entier ! Il était superbe ! Ses

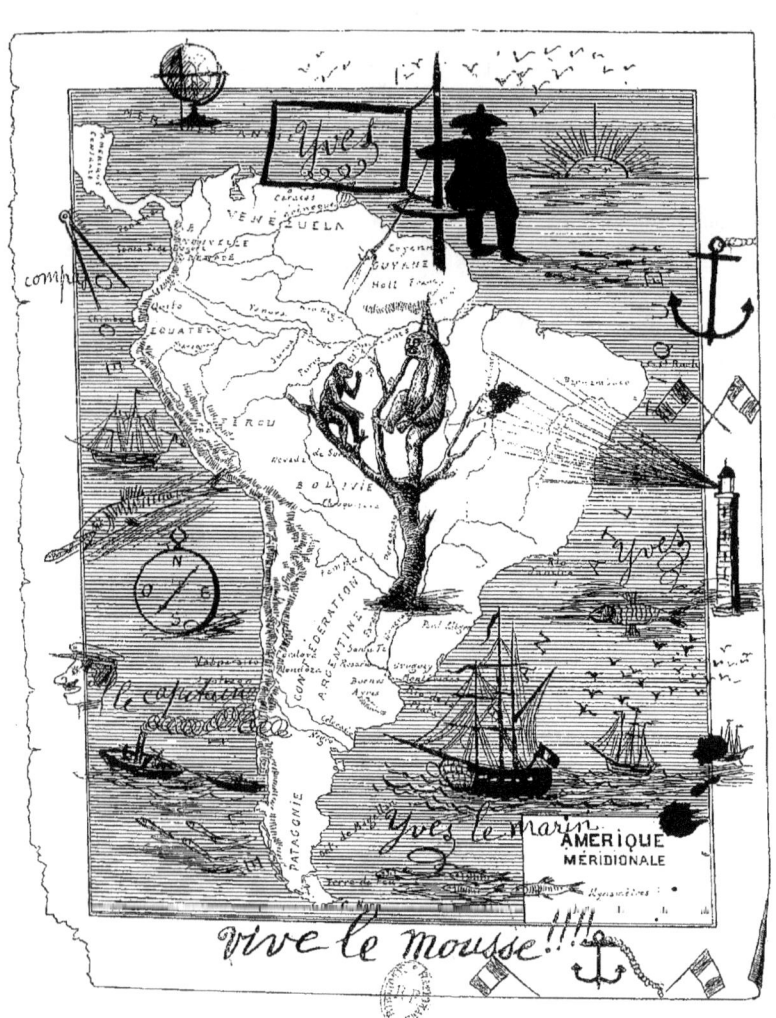

gestes, son accent, lorsqu'il prononçait ces mots « plonge en vain, etc. », avaient quelque chose de grand, d'émouvant qui saisissait fortement ceux qui l'écoutaient.

Rarement une vocation se manifeste avec autant d'impétuosité. On sentait là un entraînement fatal, contre lequel il eût été téméraire de lutter.

Tout autres étaient les goûts du petit cousin Jacques.

Son père, M. Pierre Deport, à sa sortie de l'École polytechnique, avait épousé sa compagne d'enfance M{ll}ᵉ Louise Hubert[1] pour laquelle il avait une tendresse profonde. C'est de cette union heureuse qu'étaient nés les deux gentils enfants dont nous allons tracer les portraits.

Avec un physique charmeur, petit Jacques plaisait à première vue et, dès qu'on pouvait pénétrer dans cette nature sensible, tendre, mais un peu concentrée, un peu repliée sur elle-même, par excès de timidité, on l'aimait.

Il était tout l'opposé du cousin Yves dont la caractéristique était l'enthousiasme, la rêverie, l'imagination excessive.

Jacques n'avait pas de ces grandes envolées ni de ces grands enthousiasmes ; il péchait plutôt par lenteur que par vivacité d'imagination. C'était un esprit fait de bon sens et d'exactitude ; toute incorrection le choquait ; il aimait à faire des observations.

Tout petit, il avait été précis dans son langage, net dans son écriture, très logique dans son raisonnement.

[1] Voir, dans *Louis et Louisette*, l'enfance de Pierre.

Souvent, il voyait son père exécuter des lignes, des projets, des plans et tracer des modèles de locomotives dont il rêvait le perfectionnement, car M. Pierre Deport voulait arriver à empêcher toute pression sur les tiroirs, et il avait la certitude de parvenir à résoudre définitivement ce problème cherché depuis longtemps.

L'enfant prenait un vif plaisir à regarder le travail de son père et il cherchait à copier les lignes géométriques tracées par l'ingénieur : parallèles, perpendiculaires, angles et courbes.

Installé devant une petite table, contre la grande de son père où étaient étalées des épures, il restait là des heures à barbouiller très proprement sur des feuilles qu'il rangeait ensuite avec soin, et si on lui eût demandé :

« Que fais-tu là, petit Jacques ? »

Avec le plus grand sérieux du monde, sans hésitation, tant il était convaincu, il aurait répondu :

« J'fais comme papa ; j'lève des plans !.... »

Oh ! les plans de Jacques ! !

Il avait sept ans lorsque son père, dans le feu d'une démonstration à un de ses collègues, dessina une locomotive avec tous ses détails : roues, bielles, régulateur, cadran..., il n'y manquait que le mécanicien.

Lorsque le père eut achevé sa démonstration, le croquis devint inutile et Jacques en fut l'heureux possesseur. De la journée, il ne le quitta pas des yeux.

Le lendemain, au dîner, il apportait triomphalement une

reproduction naïve et maladroite du croquis, mais néanmoins qui décelait une grande puissance d'application et d'observation.

« Eh, mais, dit M. Pierre Deport, en prenant la feuille, pour un petit bonhomme comme Jacques, ce n'est pas mal, vraiment. A ton âge, mon cher petit, je n'en eusse pas fait autant.

— Regarde, ma Louisette, dit-il en passant le dessin, à sa femme, regarde comme notre fils travaille bien ! »

L'enfant fut ravi. Il demanda d'autres modèles, et s'exerça à les imiter avec une patience surprenante. Seulement, lui, il mettait toujours un mécanicien à ses locomotives. Il étudia ainsi des machines, souvent très compliquées, sans oublier jamais aucune des pièces dont il connaissait fort bien et le nom et l'usage.

« Si papa et maman y consentent, confiait-il sous le sceau du secret à la cousine Marie, je serai, moi aussi, ingénieur.

« Jamais je ne pourrais être marin, comme Yves le sera, bien sûr, ça me ferait trop de peine de vous quitter tous, tous!... j'aurais trop peur ! et puis, les bateaux, ça remue trop ! »

Sympathique, délicieuse, Henriette était bien la petite créature qui avait reçu du ciel :

« Le don d'agréer, infus avec la vie. »

Une bonne fée, à sa naissance, avait dû donner au berceau un

coup de baguette magique. Avec ses cheveux d'un blond luisant,
sa peau fine transparente et rosée, ses beaux yeux bleus, un peu
foncés et son petit nez fin aux narines mobiles et minces, elle
semblait un portrait de Véronèse.

Tout lui souriait à la ravissante enfant et tous l'aimaient. En
la voyant, il était difficile de se défendre d'une exclamation

admirative, sur tant de beauté, de santé et de gentillesse. Tout
lui était facile; elle excellait aux exercices physiques; nul n'avait
plus de souplesse, de force et de grâce.

Les études semblaient devoir lui être aussi faciles que le reste;
elle avait appris à lire en se jouant et elle aimait à lire. Son
imagination, toujours en éveil, lui faisait éprouver un plaisir
réel à se plonger dans les livres qu'on lui offrait pour ses
étrennes.

« Faut pas, disait-elle, quand on lui demandait son goût, faut

pas me donner des histoires qui finissent *triste* ! quand on est
mort, à la fin du livre, ça me fait trop peur ! »

Combien elle avait raison, la spirituelle enfant, d'aimer les
dénoûments heureux !

Un exemple du bon sens de cette petite fille :

Un jour, elle s'était absorbée dans la lecture d'un récit drama-
tique où l'auteur s'était complu à entasser catastrophe sur catastrophe ; c'était terrifiant ! Il s'y agissait d'une traversée dans le
Pacifique, d'une trombe, d'une tempête, d'un cyclone, que sais-
je encore !

Tous les passagers, sans qu'un seul y échappât, avaient trouvé
là, à bord, une fin épouvantable.

Les efforts désespérés qu'ils tentaient pour éviter la mort,
leurs gémissements, leurs prières y étaient détaillés. Enfin leur
agonie, chargée des plus noires couleurs, achevait la descrip-
tion. « Et jamais, concluait l'auteur, aucune épave du bâtiment
naufragé, si insignifiante fût-elle, n'a pu être retrouvée. »

Depuis quelques instants déjà, les larmes troublaient la vue
d'Henriette, lorsque soudain, elle s'arrêta pour réfléchir... La
réflexion ne fut pas longue. Elle jeta son livre au plafond en
exécutant une cabriole comique et s'écria :

« Que je suis bête, moi ! Mais que je suis donc bête de me
faire du chagrin pour rien... oui, pour rien, puisque c'est pas
une histoire vraie !

« Dis, maman, que c'est jamais arrivé, ça ?

— Pourquoi penses-tu que cette histoire est fictive ?

— Mais, maman, puisque tous, tous, tous, ils ont péri, personne n'est resté pour raconter le naufrage.

— Peut-être le sinistre a-t-il eu des témoins ?

— Non, il n'y avait personne ! Tiens, je vais te lire les deux lignes qui le disent :

« La solitude partout ! Partout l'immensité ! Aucune voile ne s'apercevait même dans les horizons les plus lointains, etc. »

— Eh bien, Henriette, pour te satisfaire, qu'aurait-il fallu ?

— Tu ne devines pas, maman ? Pour que *ça ait l'air vrai*, il aurait fallu dire qu'ils avaient été *tous* noyés, excepté un, et que son grand bateau l'avait ou ramené à terre ou à bord d'un autre bateau. Alors, c'est celui qui avait échappé au naufrage qui aurait raconté l'histoire, voilà ! »

Que répliquer à cela ?

Comme d'ailleurs presque toutes les petites filles des villes, Henriette possédait le don de l'imitation ; mais chez elle, il était poussé à un degré étonnant et qui demandait à être sévèrement dirigé.

Souvent, sans qu'on y prît garde, il lui arrivait de se planter devant les personnes qui parlaient avec ses parents ; elle ne les quittait pas des yeux. Il était évident qu'elle prenait un vif plaisir à examiner les jeux de leur physionomie, à retenir les phrases ou les lambeaux de phrases qu'elle saisissait, pour ensuite les imiter à sa façon.

« Oh ! Madame, l'entendait-on dire parfois à ses amies imaginaires, représentées par une chaise ou un banc, oh ! Madame, quel malheur! Mon grand fils, mon aîné, nous quitte; il s'engage dans l'artillerie! Il abandonne le foyer! Au commencement de

l'hiver; il aura bien froid, allez, Madame, sans le foyer. (Pour elle, le *foyer*, c'était la cheminée embrasée.)

Ou bien, avec des larmes véritables dans la voix : « Non, Madame, je n'ai pas de chance. Ah! les mères sont bien à plaindre! Vous voyez bien mon pauvre petit, là, couché. (Elle montrait une grosse et horrible poupée de cire, étendue dans le fond d'une boîte, son lit apparemment.) Imaginez-vous, Madame, qu'il est couché depuis un mois : il est tombé malade le jour de ma fête !... Ç'a été bien triste, allez, Madame. Mon mari qui est toujours dehors pour ses affaires, n'est pas là pour me consoler; c'est si égoïste, les hommes!...

« Heureusement que maman me conduit quelquefois à Guignol, ça me fait oublier mes peines! »

CHAPITRE III

LE MONT-SAINT-MICHEL

Dix heures du matin !

Un break qui attend les voyageurs, stationne devant la porte du collège ; les voici qui s'avancent, non avec cette figure réjouie de gens partant faire une magnifique excursion, promise et attendue depuis long-temps, mais avec un visage soucieux, contraint, ennuyé.

M. Louis Hubert, le front plissé, très grave dans ses vêtements noirs, d'une main tient sa chère petite nièce Henriette, de l'autre son neveu Jacques.

A quelques pas derrière lui, marche la jeune Mme Deport qui, à chaque instant, se retourne en disant : « Que fait donc Marie? Elle n'arrive pas! »

Enfin, voici la fillette qui s'avance à son tour; ses yeux sont rougis, ses lèvres gonflées; elle dissimule mal son chagrin sous un sourire forcé.

— D'où viens-tu donc? lui demande sa tante qui s'en doutait bien.

— D'embrasser Yves, le pauvre Yves! d'essayer de le consoler un peu : son désespoir est navrant!

— Comme elle sera triste cette promenade sans notre Yvon, ajoute Mme Deport.

M. Louis Hubert soupire... il fait un violent effort pour que le devoir triomphe de sa tendresse qui lui crie : « Pardonne, pardonne! » Il n'est pas très sûr de sa force, car c'est avec une hâte fébrile qu'il place les enfants dans la voiture, qu'il y monte lui-même, à côté de sa sœur bien-aimée et qu'il crie au cocher :

— Partez vite, père Mazier, et bon train!

Le break se met en marche, traverse la proprette ville d'Avranches, dévale la rude côte qui aboutit dans la campagne.

Oh! le splendide, le vaste, l'incomparable panorama! Oh! le joyeux matin d'août, inondé de soleil, égayé de chants d'oiseaux!

Franchi, le passage à niveau... traversé, le pont jeté sur cette petite rivière capricieuse, la Sée, bordée de magnifiques peupliers et de saules. Les voilà maintenant sur une étroite route

dont le cailloutis désagrégé, imprime à la voiture des bonds désor-
donnés qui renversent, l'un sur l'autre, les voyageurs, petits et

grands. En d'autres circonstances, de bruyants éclats de rire
eussent accueilli ces secousses, tandis qu'actuellement, chacun

6

cherche, en silence, à conserver son équilibre, en se cramponnant aux parois du break.

Seule, la petite Henriette a parlé; elle s'est avisée de dire en brandissant son index menaçant :

« Tu sais, oncle Louis, moi, quand je serai grande, je ne serai pas méchante; je ne serai pas comme quelqu'un que je ne veux pas dire.

— Expliquez-vous, mademoiselle ma nièce, vous nous parlez par énigmes.

— Oui, oui, oui ; quand je serai grande, je leur laisserai faire tout ce qu'ils voudront, à mes enfants... les papas qui ne pardonnent pas, c'est pas de bons papas... et puis, c'est pas juste du tout! Est-ce que les enfants, eux, punissent leurs papas quand ils ne veulent pas faire ce que les enfants leur demandent? »

On fit taire d'autorité la petite révoltée ; mais sans lui donner d'explications au-dessus de son âge ; car elle était bien incapable de comprendre que les pères les meilleurs, ceux qui aiment le plus, sont précisément ceux qui ont le courage de se faire souffrir eux-mêmes en imposant une punition méritée à des enfants qui, maintes fois, ont abusé de l'indulgence et de la bonté paternelles.

Nos voyageurs traversaient des villages, des hameaux. De temps en temps, entre les rideaux d'ormes et de peupliers, on apercevait le profil imposant de l'abbaye du Mont-Saint-Michel, assise sur son roc impassible que les flots, en leur révolte éternelle, ne parviennent pas à entamer.

La marée achevait de monter; les grèves, à l'embouchure de
la *Sée*, étaient entièrement submergées. Le soleil, qui brillait
dans toute sa splendeur, donnait à cette immense nappe d'eau
une transparence de cristal où venaient se réfléchir des rayons
rutilants.

A quelques kilomètres du Mont, en arrivant à Pontorson (cet antique fief de Bertrand Du Guesclin) la campagne change d'aspect.
De vastes champs, gagnés sur la mer, uniformes, plats, formés
de sables déposés par la vague et qu'en cet endroit on nomme
tangue[1], donnait un aspect triste à ce plein air qui contrastait
singulièrement avec la perspective admirable que l'on avait, au
loin, en face de soi.

De chaque côté de la route, les maigres pâturages étaient
bordés d'une herbe légère, vert foncé, de nuance unique, que
les gens du pays appellent: la christe-marine.

Les enfants voulurent absolument en cueillir pour le pauvre
Yves. « Ce sera, disaient-ils, un souvenir de la mer! Il respirera
l'odeur âpre de ces herbes et ce lui sera une légère consolation. »

De petits mendiants, filles et garçons, pieds nus, suivaient le
break en courant et en tendant la main. « Plaît! plaît, plaît! »
(s'il vous plaît) gémissaient-ils obstinément, jusqu'à ce qu'on leur
eût jeté quelque menue monnaie, essoufflés, haletants, sans se
soucier du soleil brûlant et de la poussière aveuglante soulevée
par la lourde voiture.

Enfin, on pénétra sur la digue, longue de deux kilomètres

[1] Sable gris, léger, ténu, chargé de phosphate de chaux.

qui relie le Mont à la terre ferme, au grand détriment du pittoresque.

On courait vers le Mont-Saint-Michel laissant, sur la gauche,
le Couesnon, rivière qui sépare la Normandie de la Bretagne [1],
et sur la droite, les pâturages recouverts d'un petit gazon très
fin, très court, très rude, imprégné d'eau de mer, et appelés
« *les prés salés* ».

Le haut du Mont se dorait et semblait grandir sur un ciel bleu
sans nuage. Les vieilles gargouilles grimaçantes, monstrueuses,
faisant saillie sur le profil de l'abbaye et que nos pères, dans leur
foi épouvantée, mettaient dans leurs monuments gothiques pour
signifier l'esprit du mal, semblaient lancer de leurs gueules
énormes, de leurs orbites démesurées, des gerbes incandescentes.
C'était grandiose, surhumain !

A présent, on distinguait nettement cet énorme bloc où le
génie du moyen âge avait placé le chef-d'œuvre de l'art gothique.

Taillées à même le roc et surmontant la vieille cité, s'étageaient
sans symétrie, sans architecture, un tas de vieilles maisons, bâ-
ties au hazard de l'emplacement. Le mur d'enceinte, la muraille
du château, se voyaient sans la moindre confusion ; puis l'abbaye,
proprement dite, avec sa tête à clochetons, à tourelles, ses em-
mêlements prodigieux de flèches, d'arches jetées d'une tour à
l'autre et, dominant tout cela, le hardi campanile qui s'élançait
vers le ciel.

Il était midi environ lorsque nos petits amis arrivèrent à

---

[1] « Le Couesnon en sa folie a mis le Mont en Normandie, » disent les Bretons.

l'hôtel où M. Louis Hubert avait eu la précaution de commander un substantiel déjeuner. Sage précaution car, à cette époque de l'année, les touristes de toutes nations envahissent le Mont et l'on risquerait fort, en arrivant à l'improviste, d'être mal servi, peut-être même, de ne l'être pas du tout.

Oh! le triste, le triste déjeuner que firent nos trois petits amis! Oh! les regards noyés de chagrin qu'échangèrent entre eux les parents! Et cependant, tout ce qui entourait nos voyageurs était bien fait pour les égayer... Ces Anglais impassibles poussant jusqu'à l'invraisemblance le dédain du voisin; ces Anglaises toutes longues, toutes minces, toutes raides, à très petits chignons avec, par-dessus, une très petite casquette, dévorant omelette, côtelette, poulet et homard de leurs dents trop longues.

A côté, assis autour d'une table où ne se voyaient que des assiettes et des verres encore vides, de braves Français de la Bretagne, faisant là, leur voyage de noces, gênés dans leurs beaux habits, arrondissant les yeux et le dos, se laissaient oublier, sans oser dire un mot, sans oser réclamer pour qu'on daignât les servir, bien qu'ils payassent aussi cher que les dévoués sujets de la reine Victoria ; car dans ces hôtels *français*, tenus par des *Français*, il est un fait, constaté mille fois, que les meilleurs plats, les meilleures places et les plus gracieux sourires des hôtelières, ne vont jamais aux Français, leurs compatriotes.

« Hôteliers ! Hôteliers ! Hôteliers ! »

« Oh ! race chevaleresque, patriotique ! »

Dans un autre moment Mlle Henriette n'eût certes pas manqué de se planter en observation devant une *miss* quelconque pour, après, je ne dirai pas mimer ses gestes (la vieille Albion n'étant point exubérante), mais essayer de reproduire son accent tant bien que mal...

Le repas terminé, on alla visiter le monument.

Nos jeunes amis prirent le chemin des remparts, chemin étroit, tortueux, que l'on montait en contournant la cité, avec, à chaque pas, des coudes, des angles, des plates-formes, des tours de guet d'où l'œil étonné et ravi découvrait une nouvelle étendue de l'immense horizon.

« Oh! Yves, si tu étais là! » entendait-on soupirer à chaque nouvelle perspective qu'on admirait.

Arrivés à la porte de l'abbaye, nos tristes voyageurs furent accueillis par un guide. Ils pénétrèrent dans ce monument surhumain, par un escalier superbe, vaste et sombre, entre deux tours énormes et, après avoir gravi ces marches d'un autre âge, où les hommes devaient être des géants, vu les dimensions gigantesques de leur œuvre, ils entrèrent dans une sombre salle voûtée dites « Salle des gardes ».

Puis, ils allèrent de salle en salle, de cachot en cachot, admirant tout et ne perdant pas un mot des explications du guide... En présence de ce grandiose, ils se sentaient petits, petits, surtout en arrivant à « la crypte des gros piliers qui soutient, sur ses énormes colonnes, le chœur entier de l'église supérieure et toute la « *Merveille* », construction formidable de trois étages de monuments gothiques, élevés les uns au-dessus des autres, le plus extraordinaire chef-d'œuvre de la construction monastique et militaire du moyen âge ».

Mais, où l'admiration de M. Louis Hubert et de sa sœur fut extrême, ce fut quand ils arrivèrent au *Cloître*.

Ils s'arrêtèrent, muets de surprise, devant ce grand préau enfermé par la plus gracieuse, la plus charmante, la plus minutieusement fouillée des colonnades de tous les cloîtres du monde.

Les enfants, trop jeunes pour comprendre le sublime de ces merveilles, et fatigués par ces ascensions continuelles qu'il fallait faire, admiraient en bloc et préoccupés, en songeant au cher absent.

« Il doit s'ennuyer à mourir ! » disait Marie de temps en temps, comme se parlant à elle-même.

Le guide ayant tout fait voir et tout expliqué, nos touristes descendirent les innombrables marches du superbe monument.

Malgré la fatigue qui commençait à être excessive, M. Louis Hubert proposa de faire extérieurement le tour du Mont ; par conséquent, sur les grèves qui étaient à sec : depuis deux heures la marée se retirait.

Cette proposition fut acceptée avec enthousiasme.

Des grèves, l'abbaye perdait tout à coup son aspect de cathédrale des flots. Avec tous ses créneaux, ses mâchicoulis, elle semblait à présent un belliqueux manoir féodal, tout prêt à jeter, par ses meurtrières pittoresques, les projectiles sur les assaillants.

A quelques brassées du Mont-Saint-Michel, émerge des flots un îlot qui frappa les yeux du petit Jacques.

— Oncle Louis, qu'est-ce donc que cette île qu'on aperçoit là-bas, là-bas ? demanda le petit garçon.

— L'îlot de Tombelaine, répondit M. Hubert; il ne résiste à la mer, comme d'ailleurs celui de Saint-Michel, que grâce à sa base rocheuse.

— Est-ce qu'il y a des hôtels comme ici, et des figuiers, et des fleurs ?

— Non, il est absolument inculte et inhabité.

— Inhabité ? Inhabité, oncle Louis ? interrompit vivement l'espiègle Henriette. Alors, s'il est inhabité, l'îlot de Tombelaine, pourquoi voit-on quelqu'un dessus qui remue toujours ?

7

— Tiens, c'est vrai, répondit Jacques dont la vue était aussi
perçante que celle de sa sœur ; on dirait que ce *quelqu'un* agite
une étoffe en signe de détresse.

CHAPITRE IV

FOLLE ÉQUIPÉE!

Tandis que sa famille, pleine de mélancolie, car elle songeait au chagrin de l'absent, explorait les merveilles incomparables que nous venons de décrire trop rapidement, Yves, tout triste, enfermé dans une salle d'études, se lamentait, se livrait au plus bruyant des désespoirs. Il s'en prenait à tout et à tous, au lieu de s'en prendre seulement à lui-même, à la mobilité de ses impressions qu'il ne cherchait nullement à fixer, à son horreur irrai-

sonnée pour l'étude des langues mortes, en un mot pour tout
ce qui n'était pas *la Mer !*

« Oh ! que je voudrais être mousse ! » soupirait-il vingt fois
par jour, c'est-à-dire chaque fois qu'il était obligé de s'astreindre
à quelque chose qui lui semblait pénible.

En ce moment, il était en révolte ouverte contre l'autorité
paternelle et, sans se contenter de ressasser son éternel « Si j'étais
mousse ! » plein de colère, il lança à l'une des extrémités de la
salle, son *De viris illustribus* et son *Cornelius Nepos* en criant :
« Et allez donc, vieux radoteurs ! »

Pauvre Nepos ! Pauvres grands hommes ! Soyez donc illustres !...
Par vos hauts faits, imposez donc à la Gloire de vous inscrire
dans ses annales, pour qu'un méchant écolier, quelques siècles
plus tard, vous traite avec cette désinvolture et cette irrévé-
rence !

En l'absence de ses parents, Yves avait été placé sous la surveillance d'un jeune maître d'études qui, en ce temps-là, prépa-
rait ses examens de licence.

Il n'avait donc pas voulu prendre de vacances, afin de se
trouver prêt pour la redoutable épreuve.

Patiemment et avec beaucoup de bon sens, le jeune savant
avait morigéné le petit homme ; discrètement il lui avait fait
comprendre que « dans la vie, sans un peu de travail on n'a
pas de plaisir », et ne vouloir faire jamais que ce que l'on aime,
c'est risquer fort de ne pas faire grand'chose.

Mais Yves, comme un refrain, redisait toujours :

« Oh ! je voudrais être mousse !... Penser qu'il vont *la* voir. eux ! »

(*La?* Eh oui, vous avez deviné, la mer !)

— Faut-il qu'ils aient le cœur dur, tous, pour me laisser ici !... Jamais, jamais je n'aurais cru que papa pût être aussi cruel !

Alors, le maître d'études, continuant son rôle de mentor, s'efforçait de rappeler au petit rebelle combien souvent M. le Principal, se laissant fléchir, lui avait déjà pardonné !

« Un père doit être courageux, Yves, et c'est l'être que de se violenter comme il l'a fait ce matin, pour ne pas céder.

« Bien qu'il soit malséant de se citer, laissez-moi vous prouver que le rôle du père n'est pas tout entier fait d'indulgence, qu'il y faut, je ne veux pas dire de la dureté, mais de la fermeté.

« Deux années, successivement, j'ai subi la honte d'être ajourné pour mon baccalauréat ès lettres ; ces deux échecs, en retardant la marche de mes études, dans la proportion que vous savez, ont compromis gravement mon avenir.

« Mon père, professeur de mathématiques spéciales à Paris, au lycée Henri IV, me destinait à l'École normale supérieure. Cette carrière du professorat me souriait beaucoup ; mais, hélas ! oui, il y avait un mais ! j'abhorrais la langue allemande... par paresse et non par chauvinisme, comme je m'en vantais...

« Or, c'était précisément l'allemand que, dès l'enfance, mon père m'avait fait étudier. A partir de l'âge de quinze ans, je refusai obstinément d'en continuer l'étude.

« Mon père déplorait cette aversion stupide ; il en prévoyait les conséquences regrettables et me suppliait de réagir.

« Ses prières me laissaient indifférent. Ce que voyant, il employa les menaces.

« — Je t'infligerai une punition sévère, me disait-il, si tu ne me rapportes une place moyenne dans les compositions de quinzaine...

« A cette époque, j'avais la passion de la bicyclette ; j'en possédais une fort jolie qui m'avait été donnée par ma bonne mère pour fêter l'anniversaire de mes quinze ans.

« — Cette bicyclette, je te la confisquerai, continuait mon père, oui, je te la confisquerai, si tu persévères dans ta sotte aversion pour la langue allemande.

« Baste, disais-je, *in petto*, mon père dit cela; mais il n'aura jamais la force de résister à mon chagrin... »

« Oh! que je le connaissais bien!

« A la fin du mois, je rapportai du lycée Henri IV, où se faisaient mes études, un bulletin satisfaisant pour toutes les matières du programme, sauf pour l'allemand où j'étais placé... dernier !

« Le proviseur, en marge du bulletin, avait rédigé une note de blâme, note très sévèrement conçue et qui ne me laissait pas sans quelque inquiétude sur les résultats.

« En lisant cela, mon père entra dans une grande colère, me prédisant que j'échouerais honteusement au baccalauréat et, ajoutait-il, puisque « tu n'as nul souci de m'infliger une humiliation douloureuse, je serai comme toi, sans pitié...

« Aujourd'hui même, ta bicyclette sera vendue, désormais, les après-midi du dimanche seront employées à travailler l'allemand sous la surveillance d'un professeur de langues... »

« Sur cette déclaration fort nette, mon père me quitta et, seul avec moi-même, je me sentis trouble, inquiet.

« Serait-ce vrai, cette fois? Mon père, après m'avoir donné maintes preuves de sa tendre faiblesse, se montrerait-il tout à coup sévère et impitoyable?... Allons donc ! il ne persistera pas douze heures dans sa grande résolution, je le connais... Aussi, suis-je bien fou de me tourmenter!... Il s'agit de savoir s'y prendre et cette fois encore, comme toujours, il cèdera.

« Mon plan fut vite conçu ; oh ! il était fort simple !

« Il consistait à jouer la naïve comédie du désespoir. Je la jouai avec une absence de scrupules qui aujourd'hui me déconcerte !

« Au dîner, j'eus un air désolé ! Je l'étais bien au fond, car en voyant ma mère prendre sa place, je remarquai ses yeux rougis, indice certain de ses larmes et, ce qui me bouleversa bien plus que la bruyante colère de mon père, ce fut sa froideur inusitée ; elle ne m'adressa pas un mot, pas même un regard.

« Et d'abord, je refusai le potage.

« Mon père commença à s'agiter sur sa chaise, à me regarder obliquement.

« Courage, courage, me disais-je ; je l'apitoierai ! »

« Ma mère semblait toujours ne pas prendre garde à mes faits et gestes, bien que rien ne lui échappât.

« Du rôti non plus, je ne voulus goûter.

« Alors, mon excellent, mais trop faible père, s'agita davantage et d'une voix qu'il cherchait à rendre dure sans pouvoir y parvenir.

« — Ne boudez pas, monsieur, vous n'en avez pas le droit !

« Puis subitement et sans transition, il ajouta, presque timide :

« — Est-ce que... est-ce que tu serais souffrant, mon enfant, parle, je t'en prie !

« Ma mère regarda mon père d'un air de blâme ; elle sentait

qu'il faiblissait et le lui reprochait, car elle avait la perception fort nette de mon vilain stratagème.

« Qui, mieux qu'une mère, sait lire dans le cœur de son enfant.

« — Mais enfin, chère amie, dit mon père, répondant à ce

regard expressif, notre fils, notre unique enfant, est peut-être malade!... Souffres-tu?

« — Oui, dis-je, sans hésiter; je souffre beaucoup, car je vois que vous ne m'aimez pas, puisque vous voulez me priver de mon seul plaisir... »

« A peine avais-je fini ces mots que mon père se leva, me prit la tête dans ses mains qui tremblaient d'émotion :

« — Nous ne t'aimons pas? Nous ne t'aimons pas! Malheu-

8

reux... peux-tu blasphémer ainsi !... mais nous n'aimons que toi, nous ne travaillons que pour toi et, encore en ce moment, cette sévérité, qui te rend si malheureux, n'est excitée que par l'amour que nous avons pour toi !

« Je t'en prie, mon fils, je t'en supplie, reprends ton gai sourire... Encore une fois nous allons te pardonner; mais n'abuse pas de notre faiblesse, et promets-nous, désormais, de ne plus nous présenter de notes semblables à celles d'aujourd'hui. »

« Ma mère ne dit qu'un seul mot, mais combien profond :

« — Vous avez tort, mon ami, votre indulgence excessive fera le malheur de notre fils!

« J'étais vainqueur!... Hélas! que cette victoire devait me coûter cher, et comme en ce moment j'ose le blâmer, ce père trop débonnaire qui n'a pas su agir! Où serais-je aujourd'hui, s'il n'avait pas cédé... Où serais-je? Peut-être à Athènes où j'étudierais la belle antiquité, comme y sont allés plusieurs de mes camarades en sortant de l'École normale supérieure... Tandis que me voici *pion*, oui, pauvre *pion* dans un collège de province, et j'ai vingt-cinq ans! »

Sur un banc, assis près du jeune maître, abrité contre le soleil par un épais marronnier, Yves, son livre négligemment posé sur les genoux, les yeux fixés sur un point dans l'espace, semblait écouter avec une grande attention cette anecdote si probante.

Le surveillant des études s'y trompa lui-même et, voyant

l'enfant plus calme, il s'en félicita et voulut en profiter pour le ramener au travail.

— Voulez-vous que de nouveau, je vous explique votre version ? demanda le jeune savant.

L'enfant accepta, mais sans aucun empressement. Que lui importait de savoir que les verbes déponents gouvernent le

datif : *homo irascitur mihi !...* Oui, que lui importait la subordination des mots, à lui qui se laissait gouverner despotiquement par une pensée souverainement impérieuse et toujours présente : la mer! Oh! se sentir battre par son écume blanche, se voir couvrir de son embrun et revivre la vie de ses héros adorés, voilà, voilà ce qui, seul, lui importait !...

— Est-ce que Christophe Colomb avait appris le latin?

demanda-t-il tout à fait hors de propos en interrompant les explications du futur licencié, qui comprit bien alors que ses raisonnements n'étaient pas suivis, pas même entendus.

— Allons déjeuner, dit-il à Yves ; après, vous travaillerez seul ; vous ne savez même pas écouter les avis qu'on vous donne! Je comprends que Monsieur votre père ait tant d'inquiétude quand il envisage votre avenir.

Ce mot « Avenir » jeté naturellement dans la conversation, opéra une transfiguration chez le petit homme; son visage sombre s'anima, resplendit d'allégresse !

— L'Avenir, pour lui, c'étaient les voyages au long cours. Debout sur le pont du navire, il commandait avec impassibilité aux flots et aux hommes. C'étaient aussi les terres lointaines, inexplorées, les plantes inconnues, les maquis impénétrés ! C'était... le charme tout-puissant qui le transportait dans des sphères enchanteresses !

Et le pauvre maître d'études, devant un changement si soudain, s'étonnait, s'inquiétait même, ne devinant pas qu'un simple mot pût ouvrir de si magnifiques et de si éblouissants horizons.

Pendant le repas, à peine quelques mots s'échangèrent-ils ; tous deux rêvaient... L'un entrevoyait certain texte à développer pour ses examens ; l'autre, un jeune officier de marine, serré dans une tunique sombre avec, autour de lui, un équipage de braves matelots qui exécutaient passivement les ordres qu'il donnait, d'un ton sûr et bref...

Le repas était achevé ; Yves semblait fort calme et tout à fait consolé.

« Quelle nature bizarre, pensait le surveillant ; nature bizarre et difficile à analyser... Un psychologue ne s'y retrouverait pas !...

« Tout à l'heure, il était dans un état d'âme désespéré ; à présent, le voici heureux, en extase. Il se sourit à lui-même ; ses prunelles, en se fixant sur un point dans l'espace, se dilatent, ses narines frémissent d'enthousiasme et cela sans cause ; du moins sans cause apparente.

« Ah ! le pauvre père, le pauvre père, que je le plains ! Lui si bon toujours, si pondéré, d'avoir un aussi singulier bonhomme ! »

Interrompant son soliloque, le futur professeur dit à Yves :

— Voulez-vous monter avec moi à la salle d'études ? J'ai à travailler un sujet aride pour lequel certains gros volumes sont nécessaires ; il m'est impossible de les transporter dans la cour.

— Mais je puis bien y rester seul, dans la cour, moi ; ne puis-je faire ma version sans aide ? Vous me l'avez déjà expliquée deux fois.

— Et après ? Quand ce devoir sera terminé ?

— Après ? Je continuerai la lecture de l'*Odyssée*... ou bien je m'amuserai à dessiner.

— Entendu ! Surtout, Yves, soyez sérieux ; n'abusez pas de la confiance que je vous témoigne : j'ai peut-être tort de vous laisser ainsi livré à vous-même...

Et le jeune surveillant, un livre sous le bras, s'engagea dans
un vaste escalier conduisant aux classes.

Yves, de ne plus se sentir surveillé de près, poussa un soupir
de soulagement.

D'abord, il ne chercha pas à faire un usage défendu de sa
liberté ; il s'assit sagement, à l'ombre d'un gros arbre ; son livre

de latin à ses côtés, son cahier sur ses genoux... Mais voilà que sa plume, sans qu'il y songeât, lui joua un mauvais tour. Toute seule, elle se mit à tracer un trois-mâts, toutes voiles déployées, puis en perspective le Mont-Saint-Michel avec la silhouette de l'abbaye.

Arrivé à la fin de ces croquis, l'imagination du petit garçon eut un sursaut ; il entrevit très nettement son père, sa tante, sa sœur, ses cousins, faisant en barque le tour du bloc de granit et lui, seul, enserré entre ces murs du collège d'Avranches.

Sa situation lui parut intolérable.

Il prit immédiatement et sans songer aux conséquences une résolution téméraire, dangereuse, folle !... celle d'aller, lui aussi, voir la mer, par le chemin des grèves, jusqu'en face du Saint-Michel.

Aussitôt résolu, aussitôt en voie d'exécution... Avec une ruse incroyable, invraisemblable chez un enfant si communicatif, il trompa la surveillance du concierge, un vieux cerbère, qui, cependant, ne s'en laissait pas conter, et sortit de sa « cage », comme il appelait irrévérencieusement le collège, sans avoir été vu de personne.

CHAPITRE V

YVES

Insoucieux du brûlant soleil d'août qui chauffait à blanc le cailloutis des routes, Yves traversa la ville assez posément afin que personne ne soupçonnât son escapade (oh! le malin garçon!) et n'empêchât sa folle équipée, ce qui eût été vraiment bien regrettable!...

Mais, dès qu'il eut franchi le jardin de l'évêché, et qu'ainsi il se trouva à l'extrémité de la ville, il se mit à courir sans rien craindre, les coudes contre le corps, les poings fermés, dévalant avec des bonds de jeune daim la rude côte qui aboutit au chemin de fer, côte si rude, si rude, que ni cheval, ni mulet, ni âne, ne la doit ou gravir ou descendre (ordonnance de police).

Il laissait loin derrière lui Avranches, perché sur son roc comme un nid d'aigles, sans lui jeter un seul regard. Puis, toujours courant, il longea la route du chemin de fer, franchit la passerelle et, en deux bonds, fut sur les grèves !...

Oh ! sa joie de fouler cette terre grise tout humide encore des flots écumeux qu'avait apportés la marée, de voir cette nuée de mouettes blanches au vol gracieux qui se retiraient de l'embouchure de la Sée. Venues avec le flux, elles s'en allaient avec le reflux, toujours gracieuses dans leurs souples plongeons.

Yves, l'enfant affamé d'immensité, se prenait non seulement à admirer, mais à envier de toutes ses forces le sort de ces blancs oiseaux marins.

Sur le sable des grèves, détrempé et gluant, il n'avait plus la même agilité que sur la terre ferme. A chaque pas, il glissait et faisait de grands détours pour éviter des flaques d'eau, saturées de sel, qui ne s'étaient pas encore évaporées ; il lui fallait gravir des talus verdoyants où étaient parquées des centaines d'agneaux qui ruminaient l'herbe des prés salés et qui, apeurés par la présence de l'enfant, se levaient en bloc et bondissaient à droite, à gauche, en tous sens.

Ces petits retards exaspéraient l'impatience d'Yves qui devinait le Mont-Saint-Michel derrière un rideau de peupliers gigantesques qui avaient racines sur une langue dé terre s'avançant comme un cap minuscule.

Mais plus l'enfant approchait, plus la tangue devenait molle et dangereuse.

Dangereuse?

Oui, certes, car les enlisements, fréquents dans ces parages,

sont à craindre ; et plus d'une fois, Yves, se sentant enfoncer, malgré les précautions qu'il prenait pour choisir son chemin, fut obligé de se coucher sur cette tangue et de se rouler, sur lui-même, jusqu'à ce qu'il fût sorti du passage dangereux.

Enfin, il doubla la pointe des peupliers et, tout à coup, lui apparut, féerique, irradiant, l'imposant Mont-Saint-Michel !

Il n'avait, semblait-il, qu'à étendre la main pour le toucher ;

un petit lac seulement l'en séparait ; avec une barque, à peine l'affaire de quelques minutes...

Il y avait environ deux heures qu'Yves avait quitté le collège ; depuis lors, il marchait sans trêve, sans regarder derrière, attiré irrésistiblement par ce que les anciens appelaient, en usant d'une jolie métaphore : l'*onde perfide.*

Or, à tout prix, il fallait l'atteindre, ce Mont-Saint-Michel ; il fallait la franchir, cette nappe d'eau, fût-ce à la nage !

Yves, avec son caractère impétueux, sa ténacité invincible, son courage redoutable, car il était fait d'inexpérience mais non d'inconscience du danger, Yves, disons-nous, ne devait certes pas reculer. D'ailleurs, le bruit des flots qui caressait son oreille, l'odeur des varechs qui séchaient à ses pieds, la vue de l'immensité qui emplissait son regard, tout, en cet instant, charmait ses sens, enthousiasmait son imagination.

Une barque, amarrée au rivage, et qui appartenait sans doute à quelque pêcheur, se montra à l'enfant comme la solution naturelle d'un problème.

Il s'agissait de traverser ce bras de mer ; pour cela, il lui fallait un batelet ; il en trouvait un, donc il s'en servait.

Pas une minute il ne lui vint à l'esprit qu'il commettait là une mauvaise action, vile, flétrissante, en s'appropriant le bien d'autrui. Il suivait son idée, ou plutôt, sa passion ; et il agissait sans réflexion, sans scrupule, par conséquent, sans remords.

(Oh ! combien d'hommes, en cela, ressemblent à notre petit héros !)

Des rames se trouvèrent au fond de la barque : tout était donc parfait.

« J'irai jusqu'au pied du Mont, se disait l'enfant ; je mettrai toute la mer dans mes yeux pour en bien conserver l'image, et puis, vite, vite, je reviendrai ici !

« Et la barque ?

« La barque ? Je la remettrai à sa place, exactement.

« Puis, en courant, je regagnerai le collège. Mon père ne sera pas encore rentré et il ne saura jamais ce que j'ai fait. Si je revenais après lui, il serait dans une inquiétude mortelle, et c'est cela que je veux lui éviter à tout prix... Oh ! les parents, les parents ! Ils ont toujours peur !... Dès que leur enfant fait un pas tout seul, les voilà comme l'hirondelle qui, pour la première fois, voit voleter son petit. C'est à tort, assurément ; mais à tort ou à raison, j'aime mon père et ne veux pas le faire se consumer de crainte. »

Pendant ce beau soliloque, Yves avait détaché le batelet des amarres qui le retenaient à la rive et, avec une légèreté de chamois, était monté dedans, avait pris les rames en mains. A lui tout seul, il était le commandant et l'équipage. Radieux, grandi de cent coudées, avec une assurance admirable, il naviguait dans les eaux dangereuses du golfe de Saint-Malo.

Le Mont-Saint-Michel, qui d'abord lui avait paru se laisser aborder après trois ou quatre coups d'avirons, semblait s'éloigner de minute en minute.

« Je l'aurais cru plus près que cela ! » grommelait Yves, en se courbant sur ses rames, qu'il dirigeait avec assez d'adresse... un fils de pêcheur n'eût pas fait mieux!

Il ignorait encore, le petit collégien, combien il est difficile d'évaluer exactement les distances en mer. Il n'y a guère que les marins qui ne s'y trompent pas. Lui, chétif enfant des villes, n'en était pas encore là...

Déjà, il sentait la fatigue envahir ses membres; les mouvements de flexion du torse, qu'il exécutait en cadence, lui brisaient les reins; et les muscles de ses bras, qui se distendaient et se contractaient tour à tour, le faisaient souffrir cruellement.

C'est qu'il n'y avait pas à comparer ce mode de navigation dans un golfe plein de traîtrise, où se font sentir divers courants, avec une promenade sur une calme rivière.

Yves, malgré tous ses efforts pour vaincre la fatigue et diriger la frêle embarcation, luttait contre une force qu'il ne s'expliquait pas, irrésistible, qui l'éloignait du Mont.

Il s'en était pris d'abord à lui-même, et puis au vent. Ce n'était ni lui, ni le gouvernail, ni le vent, la cause de cette dérivation.

Le pauvre enfant était tout simplement le jouet du *reflux* qui avait pris sa barque et la poussait au large avec une force que de plus vigoureux que lui n'auraient pu vaincre.

Dès qu'il eut reconnu la cause de l'obstacle, il devint très pâle, car il comprit tout de suite le danger auquel il s'était exposé dans cette coquille de noix, jouet des flots et des récifs.

« Comment, se disait-il, n'ai-je pas songé au phénomène du

flux et du reflux? Je suis impardonnable! Je n'ignorais pas cependant que le plein de la marée était annoncé pour la onzième heure... M'embarquer deux heures après, n'était-ce pas folie? »

« Stupide que je suis!... Va, mon pauvre Yves, pour le profit que tu sais en tirer, tu peux bien les fermer, tes bouquins sur la mer et sur ses phénomènes!... »

Il ne trembla pas une seule minute pour ses jours; mais le brave enfant se troubla en pensant à l'inquiétude qu'éprouverait son excellent père en ne le trouvant pas au collège.

« Oh! si je pouvais regagner la rive!... »

En forçant les avirons, il essaya de gagner le bord le plus proche: tous ses efforts n'aboutirent qu'à immobiliser la barque.

Alors exténué, las de lutter inutilement, il rejeta ses rames, se croisa les bras et soupira: « A la grâce de Dieu! »

Les eaux vertes de l'océan, si calmes en apparence, s'amusaient à secouer en tous sens la petite barque. Le roulis, le tangage, tout donnait, sans ébranler la sérénité de l'enfant; sérénité faite de confiance absolue! Il l'aimait tant, la mer!... Serait-elle traîtresse au point d'engloutir celui qui voulait passer sa vie à la contempler?... Peut-être, sans la pensée de son père, eût-il été heureux des rudes caresses que les paquets de mer venaient lui donner...

Tout à coup, il eut un sursaut qui le tira brusquement de sa rêverie... Un choc venait de se produire, suivi d'un craquement sinistre: le batelet venait de toucher un récif à fleur d'eau!

Aussitôt, par les planches du fond qui s'étaient disjointes, l'eau

10

avec un sifflement sourd s'infiltra lentement, continuellement...
La pauvre petite barque, alourdie, s'enfonçait dans les eaux

vertes ; de seconde en seconde l'eau en gagnait les bords...

Yves, debout, ayant de l'eau jusqu'à mi-jambes, regardait grandir le danger, n'essayant plus d'y porter remède... A quoi bon lutter contre la fatalité ?

Il était fort pâle, l'enfant : ses lèvres serrées, son front plissé, son œil fixe, indiquaient bien le terrible combat qui se livrait en lui...

D'un regard anxieux et rapide, il essaya de mesurer la distance qui le séparait, soit du rivage, soit du Mont, soit du petit îlot de Tombelaine.

« Essayons de gagner Tombelaine, » se dit-il résolument, « Allons, Yves, mon garçon, murmurait-il pour s'exciter au courage, tu ne vas pas trembler, hein? Montre-toi brave! Si tu réchappes de celle-ci, tu en verras bien d'autres, lorsque tu seras marin... » Ce disant, il retirait précipitamment ses vêtements et, sans indécision, comme un vieux loup de mer, il fit un saut dans le golfe!

Il était grand temps! L'eau touchait le bord... Débarrassé du poids de l'enfant, le batelet se maintint encore une seconde, puis s'engouffra pour toujours, en faisant entendre un floc-floc sinistre. Les vagues dessinaient des circonférences qui allaient toujours en s'élargissant, puis se refermèrent... Rien ne restait plus de la frêle embarcation...

Yves, vigoureusement, nageait, nageait, nageait, tâchant d'atteindre au plus vite Tombelaine qui lui apparaissait comme l'île du salut.

Hélas! les forces du brave enfant trahissaient sa volonté! Après un quart d'heure de lutte contre les éléments, il était hors d'haleine, ne pouvant plus remuer ni bras, ni jambes. A intervalles de plus en plus rapprochés, il se mettait sur le dos, faisait la planche pour se délasser un peu et, encore tout haletant, il se remettait à nager. Et c'était extrêmement rude, car il se sentait entraîné au large par le reflux impitoyable, cette masse aveugle qu'à heures fixes, l'océan attire dans son centre.

Il n'est plus qu'à cent mètres de Tombelaine, mais il y a longtemps qu'il lutte, le brave enfant, avec un courage surhumain!...

Ses forces l'abandonnent; ses muscles se raidissent; les flots le roulent sans presque rencontrer de résistance !

Va-t-il périr ainsi? Loin de tout secours, seul, seul au milieu de tous ces dangereux récifs?...

Ils pense à son père, au désespoir qui l'étreindrait si le petit corps, ramené par le flux, se retrouvait échoué sur une des côtes de France. Il revoit sa mère, au temps bien lointain déjà où, en le pressant dans ses bras, elle le suppliait:

« Ne dis pas que tu seras marin, mon petit Yves; c'est une carrière bien périlleuse : je tremblerai sans cesse quand tu seras en mer, et tu y seras presque toujours ! Oh! je la hais, la mer! Elle m'a pris des êtres si chers ! »

Yves ne lutte plus; il ne peut plus lutter ; mais l'instinct de la conservation ne l'a point encore abandonné.

Il se place sur le dos, invoque la Providence des marins et s'abandonne au gré des flots, sans un mouvement, roide, en apparence inanimé, les yeux clos... Il ne veut plus rien voir; rien, pas même la mer qu'il a tant aimée et qui va le prendre avec toute sa jeunesse, toutes ses forces, toutes ses espérances !...

Soudain, une douleur terrible qu'il a ressentie à la tête, lui fait ouvrir les yeux. Il regarde et voit, ô bonheur ! là, tous près, qu'il touche de la main, l'île de Tombelaine !...

C'est contre le roc dur de cette île que sa tête a porté.

Qu'importe la souffrance qu'il éprouve, à droite, vers l'os temporal ; il s'y accroche à cette île, en saisit les aspérités où s'enfoncent ses ongles qui se déchirent et qui teignent de rouge les pierres verdâtres et visqueuses.

Enfin, il a trouvé prise ; il se cramponne, il se hisse, il gravit les pics !... Le voilà sauvé !...

Les flots, lentement, maternellement, l'ont déposé en ce lieu désolé, mais sûr.

Que va-t-il faire, à présent ?

Tombelaine est bien près du Mont-Saint-Michel ; assez près pour que des signaux de détresse puissent être vus.

L'enfant ne peut rester ainsi, dans un semblable isolement ! Et puis, sa famille !... Oh ! son excellent père ! Oh ! sa tante, si douce toujours !

Avec la promptitude de résolution qui est une caractéristique de sa nature, il déchire vivement un des vêtements qui lui restent et s'en fait une sorte de drapeau qu'il agite longtemps, patiemment en face de l'impassible et souveraine abbaye !...

Mais, Yves, le brave enfant, n'en peut plus. De sa tête blessée coule un filet de sang dont la perte l'épuise peu à peu ! Ses ongles arrachés, lui font éprouver une telle douleur que les valvules de son cœur se contractent et n'envoient plus dans les artères qu'une quantité insuffisante du fluide vital... Il tombe sur ce roc, privé de connaissance.

Pauvre petit passionné ! pauvre petite victime de l'atavisme [1] ! Il n'a pour témoin de sa défaillance que les goélands qui volent effarés, troublés dans leur quiétude, eux qui, sur cette roche stérile, nue, désolée, ne se voyaient jamais si brusquement dérangés...

[1] Ressemblance avec les aïeux.

CHAPITRE VI

PAUVRES PARENTS!

— « Tiens, c'est vrai, avait répondu Jacques, on dirait que *quelqu'un* agite une étoffe en signe de détresse...

. . . .

En effet, un point, là-bas, sur le roc de Tombelaine, s'agitait d'une étrange façon.

— Qu'est cela! De quelle espèce peut bien être ce nouveau Robinson, dit en souriant M. Louis Hubert.

— C'est... c'est un loup! déclara Henriette.

— Un loup?... Oh !... oncle Louis, entends-tu ce qu'Henriette raconte ?

Elle dit que c'est un loup ! ! ! — Est-ce qu'il y a des loups enpleine mer, petite sotte !

« C'est comme l'autre jour, — tu m'écoutes, n'est-ce pas, oncle Louis, — c'est comme l'autre jour, elle me contait une histoire, l'histoire lamentable d'un crocodile qui était allé mourir sur une montagne... Alors, je lui ai dit que ce n'était pas vrai; que le crocodile est un grand reptile *amphibie ;* elle s'est fâchée très fort et elle criait comme à des sourds :

— Je dirai à maman que tu me dis des « *gros mots !* »

Elle aurait rudement besoin, va, oncle Louis, d'apprendre l'histoire des bêtes comme moi! Au moins, elle saurait des beaux mots savants: *amphibie, cétacés, pachydermes,* elle ne prendrait plus « amphibie » pour un *gros mot* et ne dirait plus que le crocodile meurt sur les montagnes !

— Moque-toi de moi, va, Jacques, ça m'est bien égal ! Parce que tu sais des mots que moi je trouve très laids, tu crois être un grand savant !

M. Louis Hubert, tout en écoutant cette savante discussion qui le faisait sourire, avait pris sa lunette d'approche, l'avait braquée sur le point mystérieux, d'abord négligemment, en simple curieux; mais à mesure qu'il regardait, son visage changeait d'expression; il pâlissait...

Brusquement, il retira la lorgnette de ses yeux, en essuya les verres, y regarda de nouveau; puis se tournant vers

Mme Pierre Deport qui observait, tout étonnée, l'agitation, le trouble de son frère, il lui dit :

— Serais-je halluciné ?... Vois toi-même, Louisette, je t'en prie. Et il lui tendit la longue vue.

11

Mme Deport regarda à son tour.

— Oh ! s'écria-t-elle, cet enfant demi-nu ?... Ces signaux de détresse ?... On dirait... mais non !... c'est impossible ! je me trompe !

— Parle, Louisette, je t'en supplie ! Tu l'as reconnu, n'est-ce pas, c'est Yves !...

— Hélas, mon pauvre frère, j'en ai peur ; oui, c'est peut-être Yves, mon imprudent neveu, là-bas, sur ce roc aride, inhabité, battu par les lames impétueuses...

Henriette et Jacques, oubliant leurs querelles, s'étaient rapprochés des parents et, curieusement, écoutaient le dialogue que nous venons de rapporter. Quant à Marie, qui devinait un accident, elle semblait atterrée !

— Vrai, maman, interrogea M. Jacques, tu crois que cette... *chose* qui remue, là-bas, c'est le cousin Yves ?

— D'abord, ça ne se peut pas ! déclara la catégorique petite Henriette ; *ça* ne peut pas être lui, puisque vous l'avez enfermé à Avranches... Faut être un papa et une tante pas attendrissants, pour punir avec une sévérité si grande !

— Ne perdons pas une minute, dit M. Hubert, sans s'arrêter aux réflexions de Mlle sa nièce, ne délibérons pas, car c'est mon fils, j'en suis sûr. Yves souffre, il n'en faut pas douter ; peut-être même est-il en danger et tous les instants qui nous séparent de lui augmentent ou sa souffrance ou le péril qui le menace.

— Descendons vivement les remparts ; sur la digue nous

trouverons bien un pêcheur qui, sans retard, appareillera sa
barque et nous conduira à Tombelaine.

— Et les enfants, Louis, qu'en ferons-nous ? demanda Mme Deport.

« Nous les laisserons ici. Marie est très raisonnable ; nous pou-
vons compter sur elle pour surveiller les deux petits. Afin de
ne pas les laisser errer sur ce Mont, envahi par les étrangers,
nous prierons la femme d'un pêcheur, la bonne mère Kardaëc,
par exemple, de les garder chez elle jusqu'à notre retour. Le
fond de ce golfe est plein de récifs, il serait très imprudent de les
prendre avec nous.

« Il est vrai que les paludiers du Mont-Saint-Michel con-
naissent leur golfe comme moi les corridors de mon collège. »

Tout en parlant ainsi, M. Hubert, sa sœur et les enfants, con-
tournaient les remparts et les descendaient aussi vite que le leur
permettait la vétusté des marches.

Arrivés à l'unique rue du Mont, ils frappèrent à la porte d'une
bicoque, le logis des Kardaëc. Une brave femme, aux traits réguliers, un peu durs, et qui avait conservé la coiffe des Bretonnes
de Ploërmel, vint ouvrir et d'un ton placide :

— Ah ! Seigneur ! qu'est-ce qui vous amène ici, monsieur
le Principal... On n'a pas souvent l'honneur de vous voir...
Entrez donc, Monsieur, Madame ; je vas héler mon homme qui
sera rudement content de vous revoir. »

Sans pénétrer dans l'humble demeure et en quelques mots
pressés, M. Hubert expliqua ce qu'il attendait de l'obligeance

de la bonne femme. Il avait eu jadis l'occasion de lui être très utile et, chose rare, elle avait gardé le vivace souvenir du service rendu.

— Comment donc, Monsieur Hubert, mais je le crois que je veux les garder, vos petits !... Et même que si vous le voulez, le père Kardaëc qui doit être sur la digue, en cet instant, avec le petit gars de notre aîné, occupé à lui tailler une chaloupe dans un morceau de hêtre, vous montera dans sa barque et vous conduira droit à Tombelaine.

« C'est pas pour dire, c'est pas parce que c'est mon homme ; mais il n'y en a pas un comme lui, dans l'île, pour tourner les écueils, lutter contre le courant et déposer les voyageurs sans secousse, au lieu de l'abordage.

« Venez, dit-elle, en donnant un tour de clef ; je vas vous conduire au père Kardaëc ; je sais où il se tient. Les petits peuvent venir, c'est sur la digue. Quand vous serez embarqués, je les ramènerai ici.

. . . .

— Entendu, ma femme ; la chaloupe est à l'eau ; je vas hisser la voile ; nous aurons vent arrière ; en quelques minutes nous toucherons au nid des goélands.

Très grand, très vieux, les épaules très larges, la face encadrée d'une barbe blanche avec des yeux doux et naïfs, des yeux d'enfant, le pêcheur qui avait formulé cette réponse se mit immédiatement à la besogne. Un épais tricot de laine bleue lui serrait le torse et s'enfonçait dans la ceinture du pantalon ; il

mit sur sa tête une espèce de casque en toile goudronnée. Ainsi
vêtu, aucun de ses mouvements ne se trouvant gêné il allait fort
vite à l'ouvrage.

Bientôt l'embarcation fut appareillée
et, chargée de ses voyageurs, elle avançait prudemment au milieu des récits.

— Rien à craindre, mon bon monsieur,
rien à craindre, pour votre p'tiot. A présent qu'il a planté son pavillon sur
Tombelaine, les lames ne viendront pas
l'y chercher !... Si le brave Yann[1],
Yann, vous savez bien ce pêcheur
énorme, un géant quoi, que la légende
a nommé le « marquis de Tombelaine »
(pas plus marquis qu'un autre, entre
nous), donc, si feu Yann était ici, il vous

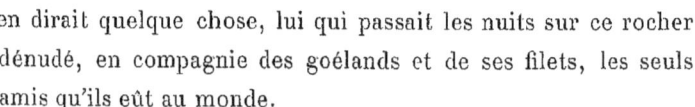

en dirait quelque chose, lui qui passait les nuits sur ce rocher
dénudé, en compagnie des goélands et de ses filets, les seuls
amis qu'ils eût au monde.

La barque n'avançait que lentement malgré les bras encore
robustes du vieux pêcheur... On arrivait à un passage dangereux ; il s'interrompit pour être tout entier à la manœuvre.

Le silence n'était plus troublé que par le bruit des avirons
retombant dans l'eau à intervalles réguliers, par les chuchotements angoissés du frère et de la sœur et par les « hans ! »

[1] Jean se dit Yann en breton.

articulés du gosier, que le pêcheur poussait à chaque coup de rames.

M. Hubert et sa sœur ne quittaient pas des yeux l'îlot de Tombelaine qui semblait grandir, à mesure que la ligne d'horizon s'éloignait.

« Pauvre petit, entendait-on soupirer de temps en temps, comme il doit souffrir là bas, échoué sur ce rocher. »

Et chacun retombait dans sa rêverie sombre, n'osant communiquer toute sa pensée.

On approchait de l'île; on n'en était plus séparé que par quelques brasses. A présent, les aspérités s'en distinguaient nettement; mais, fait inexplicable, depuis quelques instants, l'enfant de M. Louis Hubert, Yves, on ne le voyait plus.

— Hélas!... Hélas!... soupira, en joignant les mains, la sensible Mme Deport, qu'est-il devenu ?

— Hâtez-vous brave Kardaëc, dit au marin M. Louis Hubert; soyez sûr que nous vous récompenserons largement.

— Pas besoin de ça, l'bourgeois, pour qu'on fasse son devoir : ce qui a été convenu est convenu. Quant à ce qui est du p'tiot (en admettant que ce soit bien le vôtre), pas besoin de craindre... Il a des yeux pour voir, donc il a vu la chaloupe... bien sûr qu'il se prépare à l'aborder; mais auparavant, et pour ne pas être ingrat, il fait ses tendresses au roc qui l'a sauvé du plongeon final...

Ces paroles, qui voulaient être rassurantes, augmentèrent encore, par leur invraisemblance, le trouble des malheureux parents.

En effet, était-il admissible que l'enfant, dont les signaux de détresse avaient attiré l'attention des touristes du Mont-Saint-Michel, et qui à présent voyait venir à lui une chaloupe pour le sauver, était-il admissible que cet enfant disparût juste au moment où le salut approchait, où le secours se faisait immédiat?

Le marin, lui-même, ne croyait pas à ses propres paroles, car, redoublant la vitesse de ses mouvements, il grommelait, penché sur ses avirons.

« Avance donc, vieille carcasse de barque, avance donc!... Est-ce que tu vas, comme ça, laisser crever le p'tit marsouin?... »

De ses deux mains appliquées en cornet autour de sa bouche, M. Louis Hubert s'était fait un porte-voix et, de toute la force de ses poumons, il appelait: « Yves! Yves!... Mon enfant, réponds-moi?... »

Les mouettes, seules, impressionnées par ces cris inaccoutumés, fuyaient effarées, épouvantées.

Enfin, la chaloupe toucha Tombelaine! Le marin, de ses doigts calleux qui défiaient les égratignures, s'accrocha aux aspérités du rocher, sortit péniblement de son bateau qu'il amarra tant bien que mal, tandis que M. Hubert et sa sœur, impatients, troublés par de tristes pressentiments, escaladaient les obstacles, malgré le pêcheur qui leur criait:

— Mais, nom d'un dauphin! attendez donc! Vous allez chavirer. En v'là de la belle avance!... Croyez-vous que je ne sois pas aussi pressé que vous?

12

« C'est-il la petite dame, avec ses petits souliers, qui, toute seule, va se tenir sur cette pierre gluante?... Après, il faudra la relever et la panser, si elle s'est cassé *quelque chose*... Belle avance, ma foi, belle avance!... »

En terminant cette tirade, le brave homme s'arc-boutait sur ses jambes, penchait son corps en avant et, de l'autre côté d'une crevasse profonde, il enlevait, dans ses bras d'Hercule, la sœur de M. Hubert, avec autant d'aisance que s'il eût porté un petit enfant.

« Craignez pas, ma petite dame, disait-il en escaladant les parties dangereuses du roc, craignez pas!... »

Lorsque le sol fut devenu plus uni, il la déposa à terre, doucement, délicatement, comme s'il eût manié une figurine de Sèvres.

Du regard, il eut vite exploré l'île tout entière... sans y découvrir le plus petit Robinson.

— C'est pas naturel, ça, dit le vieux marin; non, voyez-vous, c'est pas naturel, où peut-il être, votre sacripant de marsouin?... Gageons qu'il vous aura reconnus et que, par crainte d'une bordée de gifles, bien méritées, il s'est prudemment terré comme un mulot!

— Allons, suivez-moi, monsieur, ainsi que vous, ma petite dame; je connais Tombelaine comme le poisson connaît l'eau, et la « Sorcière noire » serait-elle de la partie, que nous le retrouverons quand même!

Tous trois gravirent péniblement cette pierre glissante, sans rien voir qui leur servît d'indices.

— Faut-il donc croire que votre capitaine tire une brassée vers le beau rivage de France?

— Oh ! Louis, regarde, regarde, s'écria Mme Deport épouvantée !

Ses yeux, fixés au sol, ne quittaient pas une flaque rouge que son doigt montrait.

M. Louis Hubert regarda... ses lèvres devenues blanches ne prononcèrent que ces mots, navrants par tout ce qu'ils exprimaient d'angoisses : « Pauvre petit! »

— Quoi? Qu'est-ce qu'il y a? dit le pêcheur qui, revenant un peu sur ses pas, vit à son tour la tache rouge. Pour sûr, c'est pas du sang de baleine, ça!... C'est bien du bon sang de chrétien... Ah! malheur de malheur !... le pauvre mioche !...

— Faut se démarrer de la, quoi !... Le galopin a besoin qu'on lui porte aide et c'est pas à stopper devant cet indice, qu'on le tirera de peine...

Péniblement, chacun reprit sa marche; le pêcheur Kardaëc en tête. Ils arrivèrent au point culminant de l'île ; c'était de ce point que le pauvre Yves exécutait ses signaux de détresse.

— C'est là, dit M. Hubert, c'est là que j'ai vu mon pauvre enfant!... Yves, où es-tu? Oh ! réponds, réponds-moi?... Et le malheureux père, la douleur peinte sur son visage, cherchait le fugitif... suivi de sa sœur qui, son mouchoir en tampon sur sa bouche, essayait d'étouffer le bruit de ses sanglots.

La marche de ces parents désolés; marche pénible, difficile, sur cet îlot plein de pointes, de crevasses, où l'on glissait sur le goémon visqueux, était navrante!

Au moment où, désespérés, ils allaient revenir sur leurs pas, le pêcheur Kardaëc se pencha vers une grande fissure ténébreuse du roc, dissimulée en partie par un monticule de varechs que la marée ou les vents avaient agglomérés en ce lieu, et l'on entendit une voix mâle, peu faite aux apitoiements, qui disait :

— Ma Doué ! Ma Doué !... C'est-il bien vrai?

Hé? là-bas? Venez vite de ce côté!... Cherchez plus si loin... Vous savez, le v'là le pauvre p'tit marsouin... Prenez du courage, ma petite dame, et vous aussi, monsieur... Pour sûr, le garçon n'est pas, pour l'instant, en état de grimper à la hune de misaine !...

Et doucement, tout doucement, ses grosses mains, ses mains énormes, soulevaient la tête sanglante, inerte, effrayante du pauvre Yves que ses cheveux, souillés de guano, rendaient plus affreuse encore !

Aussi vite que le permettait le sol gluant, le père et la tante accouraient auprès du malheureux Yves...

En apercevant ainsi son neveu couvert de sang, inanimé, Mⁿᵉ Pierre Deport éprouva une violente secousse. L'émotion qu'elle ressentit fut plus forte que son corps de femme ne le pouvait supporter : sans une parole, sans un bruit, elle s'affaissa sur la pierre verdâtre qui se dissimulait sous le goémon.

— Hélas ! mon fils, mon pauvre petit !... n'est-il plus? sanglotait le père en mettant son oreille sur la poitrine de l'enfant, à la place du cœur, pour se persuader qu'il n'avait pas cessé de battre...

— Ce trou-là, vers l'os temporal, murmurait le pauvre homme, en sondant la plaie de son enfant, ce trou d'où le sang coule...

pas très profond... douloureux, sans doute, mais mortel, oh! non !...

— Ma Doué! Ma Doué! gémissait de son côté le pauvre Kardaëc qui ne savait plus à quel saint se vouer, bien ému, lui aussi. Et cette pauvre dame, la voilà qui se pâme, à présent, en retrouvant son p'tit dans ce bel équipage!

« Du courage, monsieur, du courage... Ne voyez-vous pas que la Bonne-Dame des flots veille sur le gamin? Du Mont-Saint-Michel, où vous vous promeniez, vous l'avez deviné, plus que vous ne l'avez vu... Et vous auriez pu arriver ici trop tard pour le sauver... tandis que les bons soins qu'à présent nous allons lui donner ne tarderont guère à le mettre en état de tenir le large... »

En présence de ces deux corps inertes, les hommes, néanmoins, eurent une terrible seconde d'indécision : auquel aller le premier!... A l'enfant? A la jeune femme?

— Père Kardaëc, vite, vite, dit précipitamment M. Hubert, courez à la chaloupe; vous y trouverez, à gauche du gouvernail, deux bouteilles : l'une pleine d'eau douce, l'autre de rhum que j'y ai déposées en cas de besoin; vous me les apporterez toutes deux, il faut agir rapidement.

— Entendu, l'bourgeois. Pendant que je vais à la chaloupe, déshabillez votre mousse... Pour ce qu'il s'est laissé sur le corps, faut dire, pour être juste, que ce ne sera pas long de le déshabiller... frictionnez-le vigoureusement; n'ayez pas peur d'user sa peau de demoiselle, fine et blanche; et, en même temps que les fioles, je vas vous apporter ma grosse vareuse qui le réchauffera mieux qu'un paquet de mer! criait le brave homme, en s'éloignant aussi vite que le lui permettaient les aspérités du roc de Tombelaine.

Dans ce moment difficile, M. Hubert ne se troubla pas. Il alla vers sa sœur qu'il étendit sur le rocher de manière à ce que la respiration pût s'effectuer librement; puis retirant sa veste, il en fit une espéce d'oreiller sur lequel il posa la tête de sa chère malade. Cela fait et en attendant le retour du père Kardaëc, il revint à Yves qu'il frictionna avec énergie, essayant de réchauffer ce petit corps, transi malgré la chaleur ambiante.

— Pauvre Yves! murmurait le père, en regardant l'extrémité des doigts de son enfant, dont les ongles arrachés laissaient à vif des chairs sanguinolentes, pauvre petit Yves! Et il couvrait de chauds baisers les mains si douloureusement déchirées, et il écartait du trou béant qu'il avait à la tête les cheveux collés et agglutinés, et de grosses larmes, que le père ne sentait pas couler, tombaient sur le doux visage du blessé.

A ce moment arrivait le pêcheur, tout hors d'haleine de s'être tant hâté.

Il regarda de nouveau la blessure de l'enfant et, posant à terre les deux bouteilles qu'il avait en mains, écartant les jambes comme sur le pont d'un bâtiment secoué par le tangage, il croisa les bras sur sa large poitrine, en signe de commisération, et dit : Il en devait périr le p'tiot, du trou qu'il s'est fait... A croire que c'est un crampon qui l'a abordé... Lavez ça, monsieur, tandis que moi je vais porter secours à la pauvre dame qui en a grand besoin... Dès qu'ils ouvriront l'œil, on leur administrera des cordiaux... C'est ça qui me connaît, moi, les cordiaux!... Prenez ma

vareuse ; enveloppez-le bien dedans ; il y aura vite réaction,
ça ne peut pas manquer.

. . . .

Le soleil, déjà bas, s'abaissait encore ; c'était la nuit qui arrivait. L'abbaye et les côtes de France s'étaient dédorées insensi-
blement. Les goélands avaient repris leurs places accoutumées
sur le rocher de Tombelaine et, au large, une barque, rendue,
par une illusion d'optique, pas plus grosse qu'une coque de
noix, manœuvrait prudemment vers le Mont-Saint-Michel.

— V'là le père Kardaëc ! crièrent les paludiers du Mont, en
reconnaissant le frêle esquif... Il ramène le p'tit mousse !

CHAPITRE VII

INQUIÉTUDES!

. . . .

Deux fois vingt-quatre heures se sont écoulées depuis l'émou-
vante journée qu'a marquée l'escapade insensée d'Yves, heures
pleines d'anxiété et d'angoisse, passées au chevet de l'imprudent
enfant qui, dévoré d'une fièvre brûlante, se plaint d'horribles
douleurs dans la tête.

Il est très sérieusement menacé d'une méningite, et l'on sait
que cette maladie redoutable ne pardonne guère aux malades

13

qu'elle enserre de ses bras sinistres. Aussi une médication très énergique et très prompte a-t-elle été essayée pour conjurer le mal.

Les révulsifs (sinapismes, vésicatoires ; la glace, les effusions froides sur la tête) ont été appliqués continuellement dès le début de la maladie, c'est-à-dire, dès le retour de Tombelaine.

Vainement M. Louis Hubert et sa sœur ont essayé de cacher leur inquiétude aux enfants ; ceux-ci sont bien trop fins, trop perspicaces, pour ne pas comprendre que leur cher Yves est gravement atteint. Aussi, le collège, naguère si gai, si bruyant, a-t-il maintenant une apparence lugubre. Plus de cris, plus de rires sonores, plus de querelles... Le vaste établissement semble habité par des ombres qui vont doucement, doucement, frôlant le sol, n'osant parler que dehors, dans la cour ou sur la pelouse.

Jacques ne pense plus du tout à ses locomotives ; oh ! non, il n'y pense plus ! Il a d'autres préoccupations que celles d'aligner exactement des traits pour figurer bielles, volant, régulateur ou manomètre. Il passe des heures et des heures, le pauvre petit, à guetter furtivement, dans les corridors, les personnes qui sortent de la chambre du malade pour leur demander tout bas :

« Yves, est-il mieux ?

— Mais oui, mais oui, lui est-il répondu invariablement : va donc jouer, petit ; que fais-tu ici ? »

A cette réponse, toujours la même, les yeux de l'enfant se gonflent, de grosses larmes tombent de ses yeux et, sans bouger,

il murmure : « Oh ! pourquoi, pourquoi me cache-t-on la
vérité ? »

Et Henriette ?

Henriette ! Ah ! la pauvre petite, c'est pitié de la voir ...

Depuis qu'elle a deviné l'état grave de son cher cousin Yves,
elle s'est blottie dans le coin d'une salle d'étude, d'où l'on ne
peut la faire sortir. Elle ne veut ni manger, ni remuer ; ses jouets
préférés lui sont devenus indifférents. Elle, si vive, si impé-
tueuse, si espiègle, en deux jours s'est transformée en une petite
masse inerte. Quelquefois, cependant, un regain de vie la sur-
prend : elle réunit alors sa collection de poupées, les assied
devant elle et, sur un ton triste, triste comme une mélopée,
leur dit :

« Faut être sages, toutes ; faut pas faire de bruit pour qu'il
guérisse, le pauvre Yves... Yves, vous savez bien, le grand cousin qui vous fait des bateaux... Yves, celui qui sera marin... »

Cela dit, elle retombe dans sa torpeur, sans plus se soucier
de son petit entourage à perruques trop blondes, à nez trop
droits.

Tout autre est la douleur de Marie. C'est une douleur très
grande sans doute, très vive, qu'elle domine à force de confiance
et de courage ; néanmoins, son cœur est plein de tristesse ; mais
elle ne se laisse pas abattre et redouble de vigilance pour tous
les détails d'intérieur dont seule, en ce moment, elle a la
charge.

Sur l'ordre de M. Hubert, elle a écrit à son grand-père,

M. Deport[1], une lettre, où, avec des ménagements touchants,
elle informe le vieillard de la terrible maladie qui menace son
frère chéri...

Elle attend avec impatience la réponse qui, sans aucun doute,
annoncera ou l'arrivée du grand-père ou celle de la grand'-
mère.

Quant à l'oncle Pierre, retenu à Paris
par des travaux qui l'absorbent et qui
exigent toute sa présence d'esprit, on
attendra au lendemain pour l'avertir du
grand malheur dont on est menacé.

. . . .

Depuis quelques instants, le malade est
plus calme !...

Le médecin qui vient d'arriver au collège a rendu l'espérance aux pauvres parents désolés.

« La fièvre est moins intense, la tête
moins douloureuse, les vomissements moins fréquents...

« Si ce mieux persiste, la maladie se trouvera enrayée et,
dans huit ou dix jours, ajoute le docteur en souriant et en
tapotant amicalement la joue du pauvre Yves, dans huit ou dix
jours, le grand, l'illustre, l'incomparable explorateur, Yves

---

1. Nos lecteurs savent, par notre livre *Louis* et *Louisette*, qu'aucun degré de parenté
n'existe entre M. Deport et M. Hubert. Seuls les liens de l'affection la plus profonde et
de la reconnaissance la plus vive attachent le plus jeune à son protecteur qui s'est
montré un tendre père pour l'orphelin.

Hubert, pourra, si le cœur, lui en dit, reprendre ses ébats et
ses excursions aventureuses ! »

Oh ! les bonnes, les rassurantes paroles !

« Docteur, dit M. Louis Hubert tout ému, en pressant dans
les siennes les mains du médecin, comment vous remercier de
votre dévoûment et des soins que vous donnez à mon fils !

— Baste ! Laissons cela, monsieur; j'accomplis mon devoir le
mieux que je le puis et voilà tout... »

Comme le père allait protester :

« Du silence ! du silence, bigre ! le marin n'est pas encore solide comme un cuirassé de guerre ! »

Il salue la jeune Mme Deport, dont le beau regard expressif lui dit toute sa reconnaissance et, accompagné du principal, il sort de la chambre.

Sans préambule, à brûle-pourpoint, l'original docteur dit à M. Louis Hubert.

« Vous aurez beau faire, mon cher monsieur, vous aurez beau faire, ce garnement-là sera un marin... un brave marin, je vous le jure !... D'ailleurs c'est une carrière superbe... des horizons immenses, du mouvement dans l'existence, des peuples nouveaux, des institutions nouvelles ; c'est cela qui vous élargit les idées ! (A condition que vous en ayez, bien sûr !) Ils doivent penser autrement que nous, ces hardis marins... Ils doivent rire, à s'en tenir les côtes, de nous voir nous agiter pour des riens !... Doivent-ils les trouver puériles, mesquines, comiques, toutes nos dissensions, nos ambitions, nos rivalités !... Parbleu ! qu'est-ce que nous sommes, nous autres fixés sur un imperceptible petit point du globe ?... Des pygmées, mon brave monsieur, oui, des pygmées, attachés à un moellon qui nous semble un rocher... Il n'y a pas de quoi être fier de cela...

« Ah ! bigre, si j'avais des garçons, je serais crânement heureux qu'ils fissent connaissance avec l'école navale du *Borda* !... Mais je n'ai que des filles !... Que diable voulez-vous que j'en fasse de mes filles ? »

Ils étaient maintenant sur le seuil du collège, et M. Hubert n'avait pas encore pu placer un mot.

« Adieu, adieu, monsieur le Principal, dit le brave homme en franchissant le seuil et en s'éloignant à petits pas pressés. Je me sauve! J'ai des malades qui, en m'attendant, comptent les secondes. »

Au tournant de l'avenue, on l'entendait encore répéter avec un geste de commisération.

« Ah! l'humanité! La pauvre humanité!... »

.   .   .   .

.   .   .   .

« Mademoiselle Marie?... Mademoiselle Marie? » appelle le concierge du collège.

Mlle Marie accourt.

Respectueusement, la casquette à la main :

« Voici une dépêche pour Monsieur le Principal; Mademoiselle veut-elle la lui monter? Moi, je ne puis quitter ma loge.

— Une dépêche, dites-vous? Oh! donnez, donnez vite; c'est de grand-père, assurément.

Tout en tendant le télégramme, le bonhomme ajoute : « Je me permettrai de faire remarquer à Mademoiselle, que j'ai pris sur moi d'offrir un pourboire de deux sous à l'employé des postes, et que nonobstant...

— C'est bien, c'est bien, interrompit la jeune fille en cherchant précipitamment dans sa poche; les voici vos dix centimes.

14

— J'ajouterai aussi que Mademoiselle doit comprendre que si je...

— Oui, oui, oui, vous ajouterez tout ce que vous voudrez,

quand j'aurai remis la dépêche à mon père, » dit la jeune fille en s'esquivant sans en entendre davantage.

La dépêche fut ouverte avec une impatience fiévreuse :

« *Courage ! bons amis. Le funeste mal peut encore être conjuré.*
Grand'mère est au désespoir. Arriverai ce soir ; train 8 h. 30 m.

HENRI DEPORT.

« Le bon, l'excellent père ! s'écria la jeune Mme Pierre Deport,
comme il les aime nos enfants !

— *Nos enfants*, dis-tu, chère sœur, répondit M. L. Hubert
qui, depuis la rassurante visite du médecin était tout autre, *nos
enfants* !... Oh ! que tu dis vrai... Comme je sens que mes deux
orphelins ont retrouvé, en toi, une mère dévouée, pleine de
sollicitude !... Que ce soit Jacques ou Yves, Henriette ou Marie,
ton amour n'établit aucune nuance entre eux, j'en suis bien
sûr. Tous, également, ils sont *les enfants de Louisette* ! »

Et le frère, s'avançant vers elle, déposa sur son front un baiser
plein d'une immense et tendre reconnaissance.

.   .   .   .

Jacques passait sa vie dans les corridors, nous l'avons déjà dit ;
en sa qualité de sentinelle, il avait vu le docteur entrer dans la
chambre du malade et il brûlait de savoir ce qui s'y disait.

Nul bruit ne parvenait à ses oreilles.

« Oh ! disait le bon petit garçon, pourvu que ce médecin tout
noir puisse le guérir !... Je l'aime tant Yves ! Il est si brave, si
brave !... en voilà un qui n'est pas poltron ; il n'a peur de rien !...
Je ne suis pas comme lui, moi !... cependant, que je voudrais
être brave aussi !... Maman dit que je suis timide ; papa répond :
« Pas si timide que cela ! c'est un capon ! » et je sens bien que

c'est papa qui dit juste... Je suis un poltron, oui, un poltron puisque j'ai toujours peur!... »

Une porte s'ouvrit et le médecin, accompagné de M. Hubert sortit de l'appartement. Les deux interlocuteurs parlaient avec vivacité. (Nous avons lu, plus haut, le sujet de leur conversation.)

Le malin petit Jacques, sans faire aucun bruit, se glissa derrière eux, emboîta leur pas et, ce qu'il comprit du dialogue, c'est-à-dire du monologue (car, seul, le docteur parlait), joint à la figure radieuse de l'oncle Louis, lui fit conclure immédiatement que tout danger était écarté, puisque la tristesse n'assombrissait plus le visage du pauvre papa.

Avec une agilité de jeune chat, il grimpa, quatre à quatre, les escaliers qui conduisaient à la salle d'études où s'étiolait sa petite sœur et, y entrant comme une bombe, lui dont les mouvements étaient toujours pondérés, il se mit à crier en brandissant son mouchoir, comme un étendard victorieux : « Sauvé!... Il est sauvé!... »

Henriette, interdite, ne bougea pas.

« Tu ne comprends donc pas? Je te dis qu'*il est sauvé*! Le médecin dit que cette vilaine maladie dont je ne me rappelle pas le nom est partie. — Bon voyage et bon vent! »

Abasourdie par cette irruption soudaine et par l'annonce d'un bonheur si grand, Henriette fut quelques instants à se remettre.

« Mais tu es donc métamorphosée en bûche? tu as l'air de ne pas savoir ce que je te dis : — Yves, Yves, est sauvé! » cria le petit garçon de toute la force de ses poumons.

Marie entra sur cette bruyante exclamation. « Oui, c'est vrai, il n'y a plus de danger; cependant il ne faut pas crier à faire tressaillir des sourds, ni aller dans sa chambre : vous le fatigueriez.

« J'ai encore une autre bonne nouvelle à vous apprendre : grand-père Deport, ce soir, à huit heures trente minutes, arrivera à Avranches !...

— Comment, ce soir même nous allons voir grand-père? Comme c'est drôle la vie, remarque Jacques, le philosophe; il y a un quart d'heure, nous étions tous tristes et renfrognés comme des hiboux; à présent, nous voilà gais comme des alouettes qui volent dans un rayon de soleil ! »

Faisant lever sa sœur, qui n'en revenait pas, il la prit par les deux mains, la fit sauter... Bientôt dansant et tournant, les deux marmots se mirent à « chanter » (peut-on dire chanter? Quel euphémisme !)

> Nous n'irons plus au bois;
> Les lauriers sont coupés...

Et désignant Marie:

> La belle que voilà,
> Ira les ramasser.
> Entrez dans la danse...

Ils voulurent la mettre au milieu d'eux; mais la jeune fille se déroba prestement en souriant.

« Eh bien, et la chambre de grand-père? Croyez-vous que c'est en dansant que nous la lui préparerons?

— Est-ce bien long jusqu'à huit heures trente? demanda Henriette; c'est long comme quoi?

— Calcule, dit Jacques, en se redressant.

« Calcule! Calcule! » C'est la petite fille qui ne chantait plus!

— C'est pas ça que je demande, moi!

— C'est vrai, reprit Jacques avec compassion ; tu n'es qu'une petite fille, très ignorante... Écoute-moi donc!

Et en se rengorgeant avec une fatuité comique :

— Il est quatre heures... L'heure se compose de soixante minutes ; la minute est la mille quatre cent quarantième partie du jour et elle contient elle-même soixante secondes, ce qui fait que la seconde n'est autre que la quatre-vingt-six mille quatre centième partie du jour !

Ouf!!!...

— Or, puisque la minute se compose de soixante secondes et l'heure de soixante minutes, et que, de quatre heures à huit heures trente, il s'écoulera quatre heures trente, c'est-à-dire, quatre fois soixante minutes, plus trente minutes, ce produit à multiplier par soixante secondes te donnera la longueur du temps à attendre. Tu vois, tout de suite, ce que cela fait!...

Henriette était ahurie, affolée! Les minutes, les secondes, les soixante de ceci, les soixante de cela, carillonnaient dans sa jeune cervelle d'enfant de six ans, comme les bourdons de Notre-Dame dans l'ouïe d'un moineau.

Heureusement que Marie était encore là pour remettre un peu d'ordre dans les idées. Ironiquement elle dit à Jacques :

— Eh bien, monsieur le savant, dites-nous vite le résultat de

vos calculs, nous attendons. Combien de secondes en tout ?
Voyons ?

Le mathématicien se troubla et, perdant tout à coup son ton
de noble assurance, il bégaya presque en faisant cette réponse
piteuse :

— Est-ce que je le sais ?... Est-ce que j'ai une plume pour
faire toutes ces opérations ?... Comment veux-tu que je sache ça,
moi ?

— Alors, ce que tu ne peux trouver, sans griffonner des opérations plus ou moins compliquées, toi qui es un grand garçon,
tu veux que ta petite sœur le trouve de tête ? Sais-tu comment
s'appelle le sentiment auquel tu viens d'obéir ? Il a nom Vanité.
Or le vaniteux est un sot et un ignorant. C'est « un coq qui se
figure que le soleil se lève exprès pour l'entendre chanter ». Fi !
que c'est laid, Jacques, de manquer à ce point de modestie, et
comme tu ferais bien de prendre la ferme résolution de te surveiller à l'avenir !

— Mais enfin, interrogea Henriette qui n'abandonnait pas son
idée, c'est long comme quoi, jusqu'à l'arrivée de grand-père ?

— Long comme le temps qui s'écoule entre ton déjeuner du
matin et celui de midi.

— Oh ! alors, quel bonheur ; c'est pas long, long, long !

« Marie, quand elle explique quelque chose, on la comprend
toujours ; mon frère, c'est comme des leçons, on ne le comprend
jamais... »

Sur cette boutade, l'espiègle personnage sortit pour rejoindre

la jeune fille qui s'était esquivée ; elle voulait obstinément aider
à préparer la chambre du bon papa.

— Oh ! non, ma petite Henriette, je t'en supplie... Va jouer !...
prends ta papillonnette, ou ta corde, ou ton cerceau ; mais laisse-
moi.

— J'aurais bien voulu t'aider ; mais puisque tu ne le veux
pas, je vais dire à Jacques de me balancer.

— Tu as raison, balance-toi ; la chambre du grand-père en sera
bien mieux faite.

En courant, Henriette arriva vers son frère, encore tout penaud
de la réprimande qu'il s'était attirée.

— Viens ! Marie m'a dit d'aller à la balançoire.

— Ah ! ah ! ah ! ricana le petit garçon, c'est toi, à présent,
qu'elle y envoie, à la balançoire !... chacun son tour... pas de
jaloux comme ça !

— Oui, c'est moi et toi qu'elle y envoie, répondit la naïve
Henriette qui ne comprenait pas le sens ironique que Jacques
prêtait à sa réponse... Viens, viens, mon frère, tu me lanceras...
tu me lanceras très haut ; tu verras si je me tiens solidement !...

.   .   .   .

Huit heures trente. — Le train venant de Caen est annoncé à
la gare d'Avranches. Le voilà tout là-bas, là-bas... On aperçoit
ses feux d'avant ; « son fanal blanc, à la base de la cheminée
qui luit dans l'obscurité comme un œil vivant de cyclope »... Il
est tout près maintenant... il entre en gare ; il stoppe !

« Avranches ! » crient les employés. « Avranches ! vingt-cinq minutes d'arrêt ! »

Les voyageurs, avec plus ou moins de précipitation, descen-

dent des wagons, circulent sur les quais... Derrière les touristes et les gens d'affaires, un vieillard très triste, marche appuyé sur une canne ; sa boutonnière est ornée d'une rosette rouge ; son regard inquiet cherche par-dessus les barrières, parmi les parents, les amis, qui viennent au-devant des voyageurs.

« Voilà grand-père ! crie Henriette en frappant des mains !

Les enfants agitent leurs chapeaux en appelant « Grand-père ! grand-père? Nous sommes tous venus au-devant de vous ! »

Le vieillard hâte le pas... Il a entendu les chaleureux appels ! De la main, il fait un geste ami aux têtes adorées qui sont là, tout près ; il remet vivement son billet à l'employé chargé du contrôle ; la barrière est franchie. Immédiatement l'aïeul se trouve entouré, couvert de caresses les plus fraîches, les plus franches.

« Yves? interroge-t-il.

Dans ce seul mot prononcé d'une voix étranglée, on devine l'angoisse du grand-père.

« Sauvé ! » répond M. Hubert, en serrant les mains de son vieil ami avec un élan d'affection vraiment attendrissant.

« Ah ! mon Dieu !... » soupire-t-il, et deux grosses larmes, qu'il n'a pu retenir, vont se perdre dans sa barbe de neige.

« Quel bien tu me fais, mon cher enfant, dit-il à M. Hubert, en lui prenant le bras... je souffrais tant ! ma douleur m'oppressait affreusement !... Ce voyage, très court cependant, m'a semblé interminable... j'ai cru n'arriver jamais ! »

Le pauvre grand-père disait tout cela d'une voix très douce, très coupée, comme il arrive souvent lorsque après une grande douleur, contre laquelle on s'est raidi, vient le moment de la détente qui laisse faible, comme un petit enfant.

« Mais est-ce bien vrai ce que tu me dis, mon cher Louis ; Yves est-il réellement sauvé? n'uses-tu pas d'un pieux subterfuge?

— Yves est bien réellement sauvé, je vous le jure! »

Alors seulement, le vieillard s'aperçut des baisers que lui pro-

diguaient les enfants qui l'entouraient... Alors seulement, il rendit caresse pour caresse.

— Oui, oui, grand-père, c'est vrai, dit Henriette que l'aïeul tenait par la main... Yves se lèvera bientôt... l'oncle Louis dit

toujours la vérité... Maman a dit de le télégraphier à grand-
mère !

— Télégraphier quoi? Que l'oncle Louis dit toujours la vérité
riposta maître Jacques qui riait de bon cœur.

« Croyez-vous, grand-père, qu'elle en fait des coq-à-l'âne, ma
sœur? Elle a tout simplement voulu dire que maman vous prie
d'informer grand'mère de la guérison du cousin Yves... Elle est
comme dans une histoire que j'ai lue... Il y avait un grand benêt
qui s'appelait Jeannot et qui, en parlant d'un monsieur, disait :
« Il met son chapeau sur sa tête à trois cornes, » au lieu de
dire : « Il met, sur sa tête, son chapeau à trois cornes. »

« Vois-tu, Henriette, pour bien parler, il faut bien mettre les
compléments à leur place ! »

Pauvre saint Jean !... en voilà un qui parlait dans le
désert !... Il ne s'apercevait pas, le petit Jacques, tant il était
préoccupé de ses savantes explications, que personne, mais là,
personne ne l'écoutait... A vrai dire le moment était mal choisi
pour faire un cours sur la construction des phrases !...

Tout au bonheur de se revoir, puisque la cruelle maladie
n'était plus à craindre, on hâtait le pas pour être au plus tôt
près de « ma chère Louisette » comme disait le vieillard, et près
de ce « mauvais drôle de marin auquel j'allongerai les oreilles
de la belle façon? »

Et chemin faisant, que de douces paroles! que de tendres
pressions de mains !

« Grand'mère doit être horriblement inquiète, et chaque

minute qui s'écoule doit encore augmenter son tourment, dit
Marie ; si vous le permettiez, grand-père, je courrais au télégraphe (vous ne pouvez plus courir, vous), et je lui expédierais ces
deux mots :

Yves, sauvé!

— Excellente fillette! tu penses à tout... oui, ma pauvre
femme compte les minutes... elle n'en vit plus! Cours donc, toi
qui as de jeunes jambes.

— Et j'ajouterai que, demain, nous lui écrirons tous une
longue, longue lettre, n'est-ce pas?

— J'accompagne Marie. Tiens, prends mon bras, dit Jacques
très sérieusement. »

La tête de ce beau cavalier arrivait à peine à l'épaule de la
jeune fille !..

Elle se contenta de sourire, de lui prendre la main et tous
deux, malgré la montée très raide, coururent comme de jeunes
daims.

« Moi je reste avec grand-père, dit la petite câline en embrassant la main du vieillard ; et, sans transition, elle demanda :

« Grand-père, qu'est-ce que vous m'avez apporté de Caen?

— Mais... rien !

— Oh! pourtant, je suis bien sage!... alors, pourquoi rien ?

— Je n'y ai pas pensé! Songe donc qu'en apprenant la maladie de ton cousin, je n'ai eu qu'une idée: celle de prendre le
train au plus vite.

— En même temps, vous auriez pu prendre une poupée... on en vend à la gare. Enfin, tant pis !... Je vous pardonne pour cette fois, grand-père, et je suis tout de même très, très contente que vous soyez venu.

— C'est heureux ! dit le bon papa, amusé de ce babil... »

Tout en devisant, on était arrivé sur la place du collège.

La jeune Mme Deport, qui guettait l'arrivée du voyageur, ne put contenir son impatience et, vivement, elle se précipita au-devant du vieillard qui, tout ému, répétait : « Oh ! ma Louisette ! ma chère petite Louisette ! »

Bras dessus, bras dessous, on entra au collège.

Le grand-père aurait bien voulu embrasser son « mauvais drôle de marin », mais il fallait écarter de l'enfant toute émotion : il était si faible encore ! On convint alors de laisser entr'ouverte la porte de la chambre, ce qui permettait de bien voir le petit malade sans que celui-ci pût s'en douter.

CHAPITRE VIII

HOSANNA!...

Yves est sur pied!

Battez, tambours! Sonnez, clairons!
Petits bateaux sculptés, crayonnés, pein-
turlurés, sortez de vos cachettes!... Entre à flot, beau soleil!... Mignons oiseaux, chantez! Essayez vos plus char-

mantes ritournelles!... Le mousse renaît! Vive le mousse!...

A mesure qu'il reprend des forces, Yves s'intéresse d'avantage à tout ce qui l'entoure ; il est plus enthousiaste que jamais ; cependant son enthousiasme a perdu son côté très enfantin. En si peu de jours, un singulier travail s'est opéré dans cette organisation d'élite ; de nouveaux étonnements, de nouvelles joies, — mais non de nouveaux désirs, — arrivent à mesure que la santé renaît.

Rien ne lui est si agréable que de s'entendre appeler *le mousse*. Déjà, vingt fois, il s'est enquis des matières du programme exigées pour le concours d'admission à l'école du *Borda*.

Mais ce qui est touchant et délicieux, ce sont les câlineries d'Yves, câlineries très délicates de l'enfant qui se sent très faible encore, qui a besoin des soins et des gâteries des parents, qui s'accroche à eux et rit finalement des histoires plus ou moins bien trouvées qu'on lui conte pour faire renaître sa gaîté.

Petit à petit, l'appétit reparaît... bientôt il se fait formidable et, un beau jour, il semble au convalescent que, si on lui servait un bœuf tout entier, il n'en laisserait pas une bouchée !

Oh ! le courage que déploie le papa pour retenir son jeune glouton !

Et puis, il faut voir comme tout le monde, petits et grands, s'incline devant les caprices du « précieux trésor » que l'on a failli perdre !... Heureusement que ce « trésor » est bon prince et qu'il n'abuse pas trop de ses privilèges.

16

Quand il ne dévore pas ou ne dort pas, Yves se promène.

Les ravissantes promenades!... Les courses pittoresques par monts et par vaux!... Et les longues stations sur les grèves d'Avranches, où l'air, saturé d'exhalaisons marines, fortifie l'imprudent garçon qui a manqué de payer cher! payer de sa vie, son téméraire, son fol exploit!

Mais baste! les mauvais jours sont passés!...

Et, comme dit la chanson,

> Mes bons amis, le temps passé n'est plus !

« Vois donc, ma Louisette, dit M. Hubert, en extase devant son fils, comme les yeux de notre malade brillent et reprennent leur vivacité de naguère... ses joues se colorent; ses jarrets redeviennent nerveux... décidément Yves se remplume. »

Oh! que oui, il se remplume, et à mesure que reviennent les forces, reviennent aussi les querelles.

(Nous disons querelles et non disputes. Qu'on remarque la nuance!)

Mais à ce défaut d'harmonie, peu fréquent il est vrai, il y a une excuse.

C'est que, après une série de beaux jours, où le soleil radieux emplissait de joie toute la nature, des nuages floconneux se sont massés; le vent, un mauvais vent, a soufflé ; la pluie, depuis la veille, s'est mise à tomber sans interruption... c'est un déluge !

Il ne faut certes pas songer à mettre le nez dehors !

Les enfants commencent à bâiller... Ils s'ennuient et comme

toujours, lorsqu'ils s'ennuient, ils deviennent maussades et batailleurs.

La série des petits jeux de société est épuisée et ils sont las des charades, des comédies ou des proverbes.

« Que faire? » se demandent-ils en se regardant d'un air dolent.

Lire ? — Mais tous les livres de l'oncle Louis, ceux à la portée du jeune âge, ont été lus déjà quatre ou cinq fois!

« Je les réciterais par cœur, disait Jacques.

— Et moi, renchérissait Yves, je les réciterais par cœur et... à rebours !...

— Puisque vous ne trouvez rien, vous autres, allons demander à grand-père, dit la petite Henriette.

— Dis donc, toi, p'tite mioche, tu n'es guère polie, interrompit Jacques. « *Vous autres!* »... Ne te gêne plus!

— Tu ne me trouves pas polie? répondit la fillette... Ça, c'est drôle !... moi je trouve que c'est toi qui ne l'es guère poli:

« *P'tite mioche !!* »...

« Il m'appelle « p'tite mioche ! » et il trouve que je ne suis pas polie, parce que je dis « Vous autres! » Et, se campant devant le jeune garçon, elle s'inclina avec déférence:

« Paraît que Môssieu Jacques aime qu'on lui parle respectueusement. »

Marie et Yves pouffaient de rire ; c'est que l'enfant avait dit cela si drôlement, d'une façon si cocasse, qu'il était impossible de tenir son sérieux.

Quant à Jacques, très vexé, il se contenta de hausser les épaules avec mépris, ce qui lui valut l'apostrophe suivante.

« C'est ça qui *est des* belles manières !... Hausser les épaules c'est très poli !... »

Et, sans perdre de vue ce qu'elle voulait dire, la petite fille continua :

« Puisque vous ne trouvez rien, allons demander conseil à grand-père... Il n'est pas embarrassé, lui ; il sait toujours ce qui peut nous amuser.

— Henriette parle comme un oracle, approuva Marie, qui, elle, ne s'ennuyait pas, fort occupée qu'elle était à broder un essuie-plumes pour la fête de son père... « Consultez grand-père ; il faut absolument vous occuper. Lorsque vous n'avez rien à faire, vous êtes insupportables. »

Quelques minutes après, le grand-papa entrait dans la chambre des enfants, tiraillé à droite par Jacques qui s'était accroché à son bras, tiraillé à gauche par Henriette qui, sans lâcher prise, disait câlinement :

« Il le faut, grand-père, il le faut, nous ne savons rien inventer, nous.

« Que veut-elle qu'on invente, celle-là, grogna Jacques qui soignait sa rancune ; est-ce qu'on peut inventer quelque chose comme ça, au commandement ? »

Le bon grand-père fit la sourde oreille et s'assit lentement.

Ce n'était plus l'actif directeur d'école normale que nos lecteurs ont connu dans *Louis et Louisette*. Les épais et noirs cheveux d'alors, s'étaient métamorphosés en de légers fils d'argent qui encadraient son visage vénérable, comme d'une auréole. Son regard, jadis si perçant, s'était voilé et n'exprimait plus guère, à présent, qu'une grande mansuétude ; son dos était un peu voûté et ses jambes, aux muscles d'acier, étaient devenues molles et toujours lasses !...

« Voyons, méchants diablotins, expliquez-vous clairement. Que voulez-vous que je vous procure ? — Des rayons de soleil ?

— Mais, non, grand-père ; vous vous moquez toujours, dit un peu impatiente Mlle Henriette, c'est bien simple... faut inventer quelque chose.

— Inventer !... Inventer !... Comme tu y vas !... Il n'y a qu'à

souffler dessus... Inventer ! C'est très simple, en effet... Que
veux-tu que j'invente ? Une ville en sucre où couleront des
fleuves de confitures et des ruisseaux de chocolat ; où les arbres,
chargés de brioches et de meringues, abaisseront devant toi
leurs lourdes branches ?

— Oh ! grand-père, comme vous vous moquez de nous !... La
faute en est à Henriette qui ne sait jamais dire ce qu'il faut pour
être comprise, dit Jacques, le vindicatif. »

Le vieillard sourit finement.

« Ce qui veut dire, n'est-ce pas ? que mon petit Jacques est
toujours d'une clarté lumineuse dans ses discours ou dans ses
épîtres... Exemple, la fameuse lettre que, de Paris, m'écrivait un

certain garçon, laquelle lettre contenait cette phrase pittoresque :
« *Le jour suivant, j'ai été malade toute la nuit.* »

Jacques, le pauvre bonhomme, se sentant visé très directement, baissa le nez sans dire mot et rougit jusqu'aux cheveux ; tandis que les autres auditeurs riaient de bon cœur.

Marie, pour mettre fin à la confusion de son petit cousin, dit gentiment :

« Allons, grand-père, vous avez fort bien compris ce que ces trois vauriens attendent de vous !...

— Tu crois cela, petite fée ? Eh bien, pourquoi, puisqu'ils s'ennuient, ne se livrent-ils pas à leurs passe-temps favoris ? Yves à ses bateaux et à ses vagues, Jacques à ses machines très compliquées, Henriette à ses dînettes, en compagnie de mesdames les poupées ?

— Oh ! d'abord, elles m'ennuient, mes poupées... elles ne savent rien dire.

— Moi, des bateaux, j'en ait fait hier toute la journée ; j'en ai mal aux doigts d'avoir tenu mon canif.

— Six heures de suite que j'ai passées à expérimenter un nouveau genre de frein pour les wagons, ça suffit ; d'autant plus que je n'ai fait que de la bouillie pour les chats...

— Alors faites une lecture en commun ; je ne connais pas de distraction plus agréable, plus intelligente et plus profitable.

— Tous les livres que vous nous avez prêtés, nous les savons par cœur !...

— Eh bien, que chacun, à tour de rôle, fasse le récit d'une histoire...

— Celles que nous connaissons, nous nous les sommes déjà racontées plus de cent fois!... Mais vous, grand-père, qui êtes si savant et qui dites si bien, racontez-nous-en une, dit Yves, avec toutes sortes de câlineries dans la voix.

— Oh! le petit flatteur!... le malin personnage, dit le grand-père en souriant.

— Oui, oui, oui, grand-père, contez-nous une histoire, nous vous en supplions!

.— Eh bien, va pour une histoire... Sur quel sujet voulez-vous que je parle, mes vainqueurs? La guerre de Trente ans? La soumission de la Saxe par Charlemagne? La rivalité de François 1er et de Charles-Quint? Les démêlés de Phil...

— Assez! Assez! Non, non, non, pas ça!... nous sommes en vacances, il nous faut quelque chose d'amusant! s'écrièrent en chœur les enfants épouvantés.

— Alors que voulez-vous !!!

— Une histoire vraie et drôle! » réclama Henriette, à genoux sur une chaise, le buste avancé sur une table à laquelle elle s'accoudait sans façon, avec ses talons touchant presque sa tête qui reposait de tout son poids dans ses deux mains. « Oui, une histoire vraie... Une histoire pas vraie, ce n'est rien... C'est des bêtises!

— Oh! quelle tenue, Henriette, gronda bien doucement le bon-papa, quelle tenue et quel français!... « Une histoire pas vraie, c'est *des* bêtises! »

Tout en s'asseyant convenablement, elle osa murmurer :

17

« Ben, puisqu'on me comprend, c'est que c'est du français tout de même.

— Et, sur quel sujet, cette histoire ?

— Sur la mer !!!

— Sur la mer ? cria Jacques indigné! toujours la mer, avec celui-là. Est-il assez agaçant avec son eau salée... *thalassa! thalassa! thalassa* [1] *!* » Comme si l'histoire d'un savant, qui a trouvé quelque chose, ne serait pas plus intéressante !

— Pourquoi pas l'histoire de l'illustre mossieur Jacques ? Il a trouvé lui, et tout seul encore, le *truc* de faire enrager tout le monde ! dit rageusement Yves qui se vengeait.

— C'est pas tout ce que vous dites là, qui est beau, *c'est les* petits chamois !

— Les chamois ? les chamois ? Qu'est-ce qu'elle chante, cette mauviette ? dirent les deux garçons en se regardant étonnés.

— Oh ! grand-père, je vous en prie, les petits chamois !... Vous savez, ça que vous lisiez l'autre jour à maman sur votre journal avec l'oncle Louis qui était si joli et qui a dégringolé la montagne... ils étaient douze... il est mort !

— Je ne comprends pas très bien, répondit le bon grand-père ahuri par ce discours amphigourique... Ce n'est pas très clair.

— Je crois bien ! tout ça c'est d'un compliqué !... même qu'il y avait le Dauphiné. Enfin, ça ne fait rien, *c'est* les chamois tout de même.

— On dit : ce sont les chamois ; répète !

[1] *Thalassa*, nom de la mer en langue grecque.

— *Ce sont* les chamois. Ça m'est bien égal : C'est ou se sont !...

— Et toi, Marie, ne demandes-tu rien ?

— Non, grand-père ; je sais bien que le sujet, choisi par vous, sera fort intéressant.

— Cette Marie ! dit Yves, en s'approchant de sa sœur et en lui tirant sa broderie d'un geste taquin, c'est la raison même ; pour elle, il n'y a rien de plus beau que la raison... Que la raison et la musique : elle n'aime que ça ! *De gustibus et coloribus non disputandum ;* des goûts et des couleurs, il ne faut pas discuter, comme dit Aristophane.

— Yves, mon enfant, réfléchis donc à ce que tu dis !... Quelle confusion ! Aristophane était un grec qui parlait grec et non latin...

« En somme, je vois clairement que je ne puis vous satisfaire tous : l'un ne veut rien de ce que désire l'autre ; par conséquent débrouillez-vous, mes chers petits. Quand vous vous serez mis d'accord, vous viendrez trouver le grand-père, qui, comme tous les grands-pères, est plein d'indulgence pour ses mauvais sujets.

— Oui, cours après grand-père lorsqu'il sera parti !... grogna Yves, en bondissant de sa chaise et en s'asseyant sur l'un des genoux de l'aimable vieillard ; nous vous tenons, nous ne vous lâcherons pas !... Hardi les autres, jetez l'ancre... que grand-père n'aille pas virer de bord ! »

Immédiatement, Henriette, par derrière, grimpait aux barreaux de la chaise de l'aïeul et, lui passant ses deux bras autour du cou, l'embrassait de tout son cœur, tandis que Jacques, à califourchon sur la jambe restée libre, s'accrochait aux revers du veston...

« Ah ! mon Dieu, mon Dieu, mais j'étouffe... j'étouffe ! Lâchez-moi, méchants polissons !... Tu m'étrangles, Henriette, de grâce ne serre pas si fort !

— Donnez-nous votre parole d'honneur, grand-père, et nous vous lâcherons, dit Yves.

— Ma parole d'honneur !... Ma parole d'honneur ! Comme il y va le mousse ! D'abord, pourquoi ma parole d'honneur ?

— Pour l'histoire, grand-père, dit Henriette qui avait un peu dénoué ses bras.

— Oui, grand-père, jurez-nous de rester et de nous conter une histoire ; nous vous rendrons votre liberté.

— Jurer ! hum ! pour une telle bagatelle !... Hélas, je suis à votre merci, messeigneurs ; daignez user de courtoisie envers votre féal serviteur et vous contenter, tout simplement, de la promesse, sans le serment, que vous fait un malheureux prisonnier!

— A quoi s'engage-t-il, le prisonnier?

— Il s'engage à vous conter trois histoires, une à chacun de ses vainqueurs.

— Bravo! bravo! grand-père!

—Vive grand-père!!! cria Henriette. Vive grand-père! le meilleur de tous les grands-pères passés! »

Un formidable éclat de rire retentit.

« Ah! bien, elle est bonne celle-là! « les grand-pères « passés! »

— Quoi? dit Henriette interloquée... j'vois bien que j'ai dit une bêtise; mais ce n'est pas une raison pour rire comme à Guignol!... Ce que je voulais dire *c'est des* vérités.

— *Ce sont des* vérités; répète.

— *Ce sont...* Oui, il n'y a jamais eu de grand-père plus bon sur la terre, et il n'y en aura plus... voilà! »

M. Deport embrassa tendrement sa petite Henriette, en lui faisant remarquer que c'est « meilleur et non plus bon » qu'il faut dire.

« Par qui vais-je commencer? dit l'aïeul en hochant la tête pour marquer son embarras.

— *That is the question*; cela est la question... répondit Yves, qui décidément, aujourd'hui, tenait à faire montre des langues qu'il étudiait.

— Qu'en pense la très sage Marie?

— Si vous suivez mon avis, grand-père, on tirera au sort; sans quoi, vous risquez de ne pas sortir des interminables discussions que soulèvera cette grave question de préséance. »

Trois morceaux de papier d'égale dimension, avec les chiffres 1, 2, 3, furent découpés, roulés et mis dans le tablier de Marie.

« Est-ce bientôt fini? crièrent les trois patients qui, la face au mur, pour ne rien surprendre des préparatifs, commençaient à trouver le temps long.

— Oui, c'est terminé ; vous pouvez venir. Henriette tirera la première, puis Jacques, puis Yves.

— Numéro *un !*... s'écria la petite fille toute rouge de plaisir, numéro un! Grand-père, préparez vite les chamois

— Numéro *trois!* dit Jacques ; pas veinard : je me place à la queue.

— Numéro *deux !* ça me va... Grand-père aura le temps de se mettre en verve avec les chèvres de cette gamine et il nous contera un drame marin; un beau drame marin comme François Coppée sait en écrire; et l'enfant enthousiaste se mit à déclamer :

Les autres lui montraient cette mer démontée
Et la lame en fureur qui crachait des galets.
— Un canot! répétait ton père. Sauvons-les !
Un canot à la mer où nous sommes des lâches!
Le mien, si vous voulez, car aux plus rudes tâches.

Il est bon ; il ne craint ni le flot ni le vent,
Et je l'ai baptisé d'un beau nom : *En avant !...*

« C'est ça qui est vigoureusement conté ! Y en a-t-il de l'émotion dans ce drame ! Ça empoigne !...

Moi, je trouve tout ce morceau autrement vrai que le naufrage de Bernardin de Saint-Pierre dans *Paul et Virginie*. Et puis, ce n'est pas entortillé ! ça vibre !

N'est-ce pas, grand-père, que François Coppée est de l'Académie française ? C'est un Immortel !

Papa m'a dit aimer beaucoup ce poète... Il lui trouve un tas de qualités : la clarté, la simplicité, l'originalité, l'émotion, le bon sens, l'inspiration... papa dit aussi qu'il est de son temps (ce qui est très rare, assure-t-il) ; et que c'est un vrai Français ! « Il aime sa patrie sérieusement celui-là ! (C'est papa qui parle.) L'auteur de « *Fais ce que dois !* est un homme ! »

— Un homme et un parfait honnête homme !... Dis aussi, mon enfant, que ton poète est bon ! ajouta le grand-père. Oui, François Coppée est vraiment bon... A mesure que tu sauras mieux la vie, tu sentiras que rien n'est meilleur au monde que la bonté... Il fut un fils modèle. Sais-tu ce qu'il fit pour les siens ?

— Et les chamois du mont Saint-Eynard ? On ne les raconte pas ? interrompit Henriette.

— Patience !...

— Non, grand-père ; tout de suite, je vous en prie !

Lorsque nous n'aurons pas ce bébé avec nous, dit M. Deport

18

en désignant Henriette, je vous raconterai l'édifiante jeunesse de François Coppée.

— Grand-père, les petits chamois, vite !

— Hum !... peut-être ne me rappellerai-je pas très bien les péripéties de ce drame.

— Si, si, si ! grand-père... Commencez, et tout ça va vous revenir...

« Taisez-vous tous ! Grand-père s'y met » !

CHAPITRE IX

UN DRAME!...

Ils n'étaient plus en sûreté à la Grande-Chartreuse, les gracieux chamois, si agiles à la course, si prestes, si capricieux et si doux !

Des chasseurs impitoyables, friands de leur chair et avides de... *leurs peaux*, avaient déclaré une guerre sans merci. Nombre de ces gracieuses antilopes avaient déjà perdu la vie.

La situation s'aggravant chaque jour, il fallait aviser ou bien se résigner à périr jusqu'au dernier...

— Périr!... alors qu'on eût pu vivre si heureux sur cette belle montagne tant parfumée de la Grande-Chartreuse!

A donc les chamois tinrent conseil : ils décidèrent, les larmes aux yeux[1], de s'expatrier et d'aller chercher asile sur un mont où ils seraient moins en péril.

Les plus jeunes n'étaient peut-être pas fâchés d'un tel changement (le nouveau a tant de charme pour les écervelés!), mais les vieux se lamentaient, en pensant à tout ce qu'ils quittaient pour retrouver?.. hélas! le savaient-ils?

Les chamois de la Grande-Chartreuse émigrèrent donc vers le mont Saint-Eynard...

Rien que ce déplacement était déjà une déchéance! Ils quittaient une résidence célèbre dans le monde, célèbre par ses religieux et par ses chiens, par ses horizons et ses fleurs, pour retrouver « Saint-Eynard » connu à peine à dix lieues à la ronde et dont, seuls, les Dauphinois vantaient les sites agrestes.

Allez dire à Tartarin de Tarascon que sa ville natale n'est pas la première du monde entier... « Paris? — assez gentillet, mon bon; mais Tarascon, voyez-vous, c'est autrement beau! *ah pécaïre!...* »

La Grande-Chartreuse? — Pas mal vraiment « disaient les Dauphinois; mais Saint-Eynard!... Ah! parlez-nous de Saint-Eynard!... »

Petits chamois, à quoi bon tant regretter ce dont on ne peut plus jouir!... Et puis, nécessité fait loi.

---

[1] Le chamois, comme le cerf, pleure.

Donc le troupeau désolé s'en alla chercher pâture vers un nouveau monde.

Or, il se trouva que ce nouveau monde, tout petit et sans réputation, était bien le plus délicieux endroit que des chamois pussent trouver.

Il y avait des rocs à pic et des sentiers si étroits, qu'à peine des pieds de chèvre s'y pouvaient poser. Puis l'herbe y était exquise : fine, parfumée, savoureuse, abondante, faite de mille plantes odorantes...

Oh ! le beau mont que le mont Saint-Eynard...

Les jeunes chamois ne se sentaient pas d'aise ; ils se vautraient dans cette forêt d'herbes sauvages, débordant de sucs capiteux. Puis, tout à coup, ils se redressaient, d'un bond, sur leurs pattes et se mettaient à courir, tête basse, à travers les hautes herbes ; grimpant sur un pic, descendant au fond d'un ravin, et cela, si vivement, que, partout à la fois, on voyait les jolis petits cabris ; il semblait qu'ils fussent cent, alors qu'ils n'étaient que douze en tout.

Les vieux, avant de s'esbaudir, voulaient être bien sûrs de leur nouveau séjour... Tant de fois, ils avaient été dupés par de trompeuses apparences, qu'à la fin ils étaient devenus très craintifs, très méfiants.

Néanmoins, tout un jour, toute une nuit se passèrent dans une sécurité absolue ! Pas le moindre loup dans la bergerie.

Au camp de la Sagesse, on commençait à se rassurer et à se féliciter d'un aussi heureux choix, car rien, rien, rien qui fît prévoir que cette quiétude, ce bonheur ne dussent toujours durer !...

Au pied du mont Saint-Eynard se pressent les hameaux de Rochasson et de Saint-Méran.

Les gars de ces hameaux, en allant travailler leurs terres, aperçurent les gracieux ruminants qui sautaient, cabriolaient, cueillaient quelques brins de leurs chères herbes, puis repartaient et plus vifs et plus fous !

Ces garçons, qui n'avaient jamais vu de chamois, car cette variante de l'antilope était inconnue dans toute la région dauphinoise, les prirent pour des chèvres jaunes et s'en retournèrent à leur village en criant :

« Aux chèvres ! Aux chèvres ! »

Vous pensez si ce cri fut entendu ! Quelle bonne aubaine et quelle chasse lucrative, sans presque sortir de chez soi !

Les jeunes gens prirent leurs fusils et, chemin faisant, concertèrent leur plan d'attaque.

« Ce qu'il faut, disait un grand gars à barbiche rouge, à gros cheveux de la même nuance, qui tombaient en mèches épaisses sur des yeux verts sans regard, ce qu'il faut, c'est s'en rendre maîtres, en évitant de les blesser... Bon sang ! elles nous donneront du lait parfumé, ces biquettes-là... Toi, Leloup, tu te mettras à gauche du ravin avec Bridon, Cosard et Bonleu, et moi, à droite, avec les quatre autres.

« Nous tirerons à blanc, c'est-à-dire sans plomb... Les coups de feu les effrayeront et, en s'enfuyant, elles viendront se jeter dans nos jambes; nous n'aurons ainsi qu'à les recueillir. »

Pauvres petits chamois!... Que faisaient-ils, pendant que froidement on décidait de leur ravir la liberté?

Ce qu'ils faisaient? Ils sautaient, broutaient, tout à la joie de leur nouveau séjour, le cœur noyé dans une sécurité absolue!

« Pan! Pan! Pan! Pan!... » Quatre détonations partirent presque en même temps!

10

Prises ainsi au dépourvu, effrayées, affolées, les pauvres chevrettes de montagne ne purent agir de concert. Dès le début de l'action, ce fut une déroute! Elles s'enfuyaient à gauche, à droite, partout.

« Pan! Pan! Pan! Pan! » redirent les fusils.

Alors, perdant toute mesure, quatre des plus jeunes chamois grimpèrent droit devant eux, sur une sorte de corniche avec, au-dessus, la roche à pic et, tout au fond, le noir, l'effrayant précipice.

Cette corniche était si étroite, si étroite, et les pauvres petits fuyaient si vite, si vite, que l'un deux perdit pied et tomba lourdement en décrivant une courbe. Il tombait, le petit chamois, d'une hauteur de cent mètres environ, au bas de la montagne où l'on voit tant de gros morceaux de rocs éboulés.

— « Était-il mort, le chamois, en arrivant dans le précipice? demandèrent les enfants qui écoutaient ce récit avec une grande attention, et qui palpitaient en voyant se débattre ainsi ces mignonnes antilopes.

— Non, par extraordinaire, répondit le grand-père... il n'en valait guère mieux; mais écoutez ceci:

Lorsque les trois compagnons du chamois virent la chute malheureuse qu'avait faite leur ami, ils se regardèrent avec anxiété, cueillirent encore, en hâte, un brin de leur herbe tant parfumée et s'apprêtèrent à descendre bravement.

« Pan! Pan! Pan! Pan! »

Les chevrettes tremblèrent de tout leur corps, demeurèrent

indécises une seconde, cueillirent une nouvelle bouchée d'herbe
et, sans plus trembler alors, descendirent avec mille précautions,
au secours de l'infortuné vaincu!...

« Pan!! Pan!! Pan!! Pan!!. »

Ils ne reculaient plus les braves petits chamois!... Mais ils
avaient grand'peur et ils descendaient toujours, toujours.

Enfin ils arrivèrent au fond du ravin.

A la vue de ses frères, le blessé ouvrit les yeux...

Il les vit tous trois, penchés sur lui, qui le regardaient avec
des yeux très doux, où passait quelque chose d'humain.

L'infortuné essaya de se relever pour suivre ses frères ; il fit
deux ou trois pas, tout en secouant sa pauvre tête meurtrie ;
puis tomba, se releva, retomba encore... cette fois pour
toujours !

Le pauvre petit chamois avait cessé de vivre.

Ses trois compagnons, après l'avoir flairé en tous sens, dépo-
sèrent sur ses flancs quelques brindilles qu'ils portaient encore
dans leur bouche, fléchirent leurs jambes et s'accroupirent
auprès de leur malheureux camarade.

Combien de temps seraient-ils restés ainsi, ces fidèles
amis?

Mais voici que tout près d'eux, ils entendent un bruit inaccou-
tumé : ils se retournent et voient... ô terreur ! des hommes,
plus cruels pour eux que les loups et les tigres.

Leurs persécuteurs descendent dans le ravin aussi vite que le
leur permettent les anfractuosités du roc.

De se voir si près de ces humains qui leur apparaissent comme des monstres, les petits cabris sont pris d'une folie d'épouvante et, avec des bonds vertigineux, sans plus regarder derrière, poursuivis par des détonations rapides, ils se sauvent et disparaissent dans les profondeurs d'un bois qui se trouvait à mi-côte.

Depuis, oncques ne revit de chamois sur le mont Saint-Eynard, en Dauphiné.

. . . .

Quant à la petite victime, les jeunes gens de Rochasson et de Meylan l'emportèrent au village. La médecin de l'endroit à qui ils montrèrent « la jolie petite chèvre jaune, » expliqua que ce n'était point une chèvre mais un chamois dont la chair, très fine, est délicieuse et dont la peau fait des gants excellents. On le pesa... c'était un tout jeune dont le poids atteignait à peine vingt-deux kilogrammes... »

Les jeunes auditeurs étaient suspendus aux lèvres de l'aïeul; l'histoire de ce pauvre cabri et le dévouement de ses frères les avaient profondément émus.

« Oh! soupira Marie, déjà finie cette histoire! Quel dommage! Quel dommage, surtout, que ce sympathique petit chamois ait fait un faux pas et soit allé maladroitement expirer dans un précipice.

— Dites, grand-père, est-ce que c'est une histoire vraie? Tout à fait vraie? demanda Henriette. (On le voit, c'était là sa grande préoccupation.)

— Absolument vraie ; c'est un témoin oculaire de ce petit drame qui l'a narré dans un journal de l'endroit : *le Dauphinois*.

« Moi, ce qui me plaît surtout, là dedans, c'est la bonté de ces miniatures d'antilopes et leur fidélité, dit la sentimentale Marie. C'est beau, tout de même, ces brins d'herbe qu'ils déposent sur les flancs du camarade, et puis cette station qu'ils font là, près du cadavre, les jambes repliées comme s'ils se mettaient à genoux; oh! c'est beau! c'est très beau!

— Et moi, ce que je trouve de plus clair, là dedans, c'est que les bêtes valent mieux que les hommes, dit Yves d'un ton tranchant.

— Comment? Comment? Après qui en as-tu? demanda le grand-père étonné.

— Oh ! je sais fort bien ce que je dis : les hommes, entre eux, quand ils n'ont pas eu le bonheur d'être bien élevés, sont jaloux, vantards, batailleurs, querelleurs, et ne sont jamais si contents que lorsqu'ils se flanquent d'immenses peignées !

— Oh! Yves, quel raisonnement détestable, dit le grand-père indigné, et quelle façon de t'exprimer! Je t'ai déjà prié de choisir tes expressions devant mes petites-filles.

— Ne vous fâchez pas, grand-père, je m'observerai encore
plus... Je m'observe déjà rudement! Mais je ne puis pas vous
promettre d'être pur comme un Chateaubriand.

— Faut pas dire « *pur* » Yves ; faut dire « *bon* » reprit Mlle Henriette.

— ???

— Ben, qu'est-ce qu'ils ont à me regarder comme ça? Jacques
peut le dire, quand papa nous emmène au restaurant, à Paris,
(c'est pas souvent) c'est toujours un chateaubriand qu'il com-
mande ; il dit que c'est « bon » et non que c'est « pur ».

— Est-ce du bifteck que je parle, petite bête !... Je parle de
M. de Chateaubriand dont le style si noble, si élevé, dont la
langue si pure!!! etc., etc...

— Voyons, Yves, explique-moi les causes qui te font juger si
mal l'humanité... à ton âge on n'est pas misanthrope !

— D'abord, grand-père, j'ai lu ça, dans un livre à vous, écrit
par un auteur qui est mort pour avoir trop ruminé ces choses
là dans sa tête ; et puis ensuite, c'est vrai ! Qu'est-ce qu'ils faisaient
entre eux, les Gaulois? S'en flanquaient-ils assez! Votre Clovis,
en voilà un qui n'y allait pas de main morte !

— C'étaient des barbares, mon enfant ; et puis ces combats
étaient provoqués par la rareté des produits naturels du sol ; ils
se battaient pour la pêche, pour la chasse... l'amour de la gloire
y entrait bien pour quelque chose et aussi l'envie...

— C'étaient des barbares?... Eh bien, et les Armagnacs et les
Bourguignons! et les catholiques et les huguenots! C'étaient

des barbares, sans doute? Pourquoi se rinçaient-ils de la façon
qu'on sait par l'Histoire.

— Quel malheur! Quel malheur! s'exclama Jacques, faisant
semblant d'être en proie à un désespoir violent et de s'arracher
les cheveux; voilà Yves qui se met à ergoter: nous n'en avons
pas fini! Quand il enfourche un dada, celui-là, il le serre dur!
Ah! ma pauvre histoire, gémit-il; ma pauvre histoire qui s'en
va, qui s'en va, qui s'en va; « où vont toutes choses: où vont la
feuille de rose et... le casque du pompier. »

— Laisse-nous donc nous expliquer, Jacques, dit impérative-
ment Yves; tu es emb... ennuyeux avec tes lamentations de
Jérémie.

— Taratata!... se mit à chanter Henriette.

— Elle me fait perdre le fil de mes idées, cette petite sotte!
cria Yves impatienté, tapant le sol du talon de sa botte. A présent, j'ai perdu le fil de mes idées!...

— Oh! Entends-tu, Marie? Yves qui a perdu « le fil de ses
idées! » Deux sous à qui retrouvera le fil de Monsieur Yves Hubert!... Et le fil de l'eau est-ce que tu l'as perdu Monsieur l'Ami-
ral?... C'est ça qui serait grave!

— Certes! reprit Marie, en souriant, Yves a perdu, sinon le
fil de ses idées, du moins le bon sens; sans quoi il ne viendrait
pas nous raconter que tous les hommes sont méchants entre eux.

— Les hommes et les femmes, interrompit rageusement Yves.

— S'il avait encore du bon sens, continua Marie, sans se laisser
désarmer par la boutade de son frère, il trouverait beaucoup de

bonté dans l'humanité et il remarquerait quelque analogie dans la situation du maladroit petit chamois que ses compagnons viennent secourir et celle de l'imprudent garçon échoué, blessé, presque mourant à Tombelaine, qu'un père, une tante et un brave marin sauvent courageusement !

— Bravo ! bravo ! Marie ; voilà de saines et bonnes paroles, dit le grand-père, charmé de tant d'à-propos !

— Très bien, Marie ! s'exclamèrent Jacques et Henriette.

— N'empêche, répondit Yves qui perdait pied, n'empêche que c'étaient mes plus proches parents qui venaient à mon secours...

— Le malin ! dit Jacques, en haussant les épaules ; il a lu les papiers des petits chamois et a constaté *de visu* que les quatre petites bêtes étaient étrangères les unes aux autres. Ni frères ni même cousins.

— Allons, allons, dit le grand-père qui vit que la discussion tournait à la dispute, mettez-vous d'accord et commençons la seconde histoire.

« Que veux-tu que je te conte, Yves ? Le naufrage de la Méduse ?

— Grand-père, je connais ça, même que j'ai commencé un poème intitulé, l'*Épouvantable naufrage de la Méduse* !

« Il aura douze chants de chacun trente-six vers ; ce sera superbe !

« Mon poème commence par un vers de Racine dans la fameuse prophétie de Joas :

> Cieux, écoutez ma voix ; terre, prête l'oreille !

— Oh! oh! oh !... C'est un magistral commencement, en effet; il est fâcheux, pour ta gloire, que tu n'en sois pas l'auteur.

— Vous avez raison, grand-père, c'est dommage ; mais je vous assure que c'est le seul vers qui ne soit pas de moi.

Cieux, écoutez ma voix ; terre, prête l'oreille !
Mer avide, rends-nous des héros la merveille !
France, pleure tes fils de leur vie dépouillés ;
Dans leur amour pour toi, ils se sont tous noyés !
Mais que vienne... que vienne... que vienne...

— Ça ne vient pas vite, dit Henriette, qui faisait des nœuds à son mouchoir.

— Comme c'est assommant, j'ai oublié le reste ! Que vienne la, que vienne le...

— Ne t'en désole pas, mon petit ami, dit l'aïeul, car, dans les quatre vers que tu viens de nous dire, il n'y a que celui dont tu

20

n'es pas l'auteur qui vaille quelque chose. Est-ce à ton âge, jeune barbouilleur de papier, qu'on se lance dans les poèmes épiques?...

— Ils ne sont peut-être pas excellents, mes vers; cependant grand-père, soyez juste : ils ne sont pas non plus, mauvais, mauvais!...

— Hélas!... Oserai-je te dire, qu'ils sont détestables !...

— « Dans leur amour pour toi, ils se sont tous noyés! »

déclama Jacques de son plus beau creux! Dis donc, Yves, est-ce « dans leur amour pour toi » qu' « ils se sont tous noyés » ou dans la « mer avide » ?

Implacable, ce gamin, avec sa logique!

Yves était consterné; froidement, son grand-père venait de lui retirer bien des illusions en condamnant ainsi ses élucubrations poétiques... Et ce Jacques qui, par espièglerie, plus que par méchanceté, retournait le fer dans la plaie!... C'était terrible!

Le grand-père, à la mine désolée de son petit-fils, comprit bien vite le grand chagrin qu'il venait de causer et, avec sa bonté touchante, chercha à consoler l'enfant :

« Il ne faut pas trop prendre au pied de la lettre ce que je t'ai dit... j'ai écouté d'une oreille un peu distraite les vers que tu récitais... ils ne sont peut-être pas si mauvais que je l'ai cru d'abord... quelques fautes, ou de sens ou de prosodie, obscurcissent tout... ces fautes on pourra les corriger... nous reverrons cela ensemble et, si tu le veux bien, quand tu seras assez fort

pour t'appliquer, je t'enseignerai certains principes de versifi-
cation que tu sembles ignorer absolument. Avec l'âge et la
science nécessaires, je suis certain que tu arriveras à versifier
fort agréablement, car tu as ce qui ne s'apprend pas : l'inspiration et l'enthousiasme. »

Vous pensez bien qu'Yves accepta cette proposition avec une
joie non feinte.

« Si vous continuez longtemps sur ce sujet, dit gentiment
Marie, que sa broderie n'absorbait plus, nous n'aurons pas
d'autre histoire et ce serait bien dommage, grand-père ; à en
juger par la première, qui était ravissante, que sera la seconde !

— Oui ! Oui ! Oui ! Nous réclamons l'histoire, clama Jacques :
Yves fera des vers quand le temps sera beau.

Et, redressant sa petite taille, grossissant sa petite voix,
décrivant dans l'espace un geste noble,

> Yves fera de magnifiques vers,
> Quand il voguera sur les vastes mers !

— Oh ! Oh !... Bravo ! Monsieur Jacques... dit le grand-père
avec ironie ; vous aussi, vous êtes poète et quel poète, grand
Dieu !

— Heu ! heu ! grand-père, ça me vient comme ça, tout
naturellement... moi, je n'aime pas les préparations alambi-
quées... je n'aime que l'impromptu. C'est un impromptu que je
viens de composer... je vous affirme que ç'est un impromptu !

— Mais, je n'en doute pas, mon petit Jacques ; aucune préparation, certes, ne s'y fait sentir.

— Le premier vers, surtout, est admirable, dit Yves d'un ton moqueur... Marie, tu serais bien gentille de nous le mettre en musique... il fera le tour du monde !

— Possible qu'il soit *raté*, mon premier ; mais, je le répète, c'est un *impromptu* et puis, tu sais, toi, le marin, il vaut bien :

> Dans leur amour pour toi, ils se sont tous noyés !

— L'histoire, grand-père, l'histoire : nous n'y arriverons jamais. Ils sont agaçants, ces deux garçons, avec leurs petites phrases machinées qui ne veulent rien dire !... Un vers ! Qu'est-ce que c'est ? C'est des petites lignes... moi aussi j'en sais faire... pas difficile :

> Son chapeau
> est beau.

— Elle n'est pas prétentieuse Henriette ! Elle ne sait pas même parler correctement : « Un vers *c'est des* » et elle s'imagine pouvoir aborder le langage poétique !

(C'est maître Jacques qui ripostait ainsi, et il continuait par cette citation du doux Florian qu'il eût pu s'appliquer à lui même :)

> Les sots sont un peuple nombreux,
> Trouvant toutes choses faciles :
> Il faut le leur passer, souvent ils sont heureux,
> Grand motif pour se croire habiles.

Le grand-père vit bien qu'il était temps de mettre fin à des débats irritants qui risquaient de se terminer mal, aussi proposa-t-il, malgré de nombreuses interruptions, plusieurs sujets de récit. D'un commun accord, on s'arrêta à celui d'un ordre purement instructif.

(Décidément les petits-enfants du bon-papa étaient des petits-enfants extrêmement sérieux!)

Voici le sujet :

Un raz de marée, au xvᵉ siècle, avait englouti soixante-douze villages, à l'embouchure de la Meuse. L'emplacement, occupé naguère par ces villages, forme aujourd'hui une vaste baie, la baie de *Biesboch*.

Ce sont les circonstances dans lesquelles se produisit ce phénomène effrayant que le grand-père dut raconter.

— Est-ce que ce sera amusant? demanda la petite fille!

— Amusant? Non! mais fort intéressant, fort émouvant et d'une authenticité prouvée.

— Qu'est-ce, au juste, qu'un raz de marée, demanda Jacques?

— On ne sait pas quelles sont les causes qui déterminent les raz de marée.

Ils apparaissent dans les circonstances atmosphériques les plus différentes. Tantôt ils se produisent au milieu d'une tempête effroyable, tantôt par un temps calme, un ciel serein, un soleil radieux.

— Alors, grand-père, il est impossible de les prévoir?

— Impossible! Voici comment ils s'annoncent: au large, la mer est à peine agitée; mais, sur le rivage, elle semble furieuse et

s'élève à des hauteurs incroyables. Elle est tellement et si profondément ébranlée par des commotions soudaines que les galets
du fond s'entre-choquent avec un bruit que l'on perçoit à plusieurs milles. (Le mille marin ou géographique vaut 1852 mètres.)

Les navires qui, faute de vent, n'ont pu se mettre à l'abri, sont
emportés comme des fétus de paille par le terrible courant.

Le raz dont les effets furent les plus effrayants eut lieu au
xvᵉ siècle. Le 19 novembre 1481, douze hommes, tous pêcheurs,
faisaient voile vers l'un des villages établis à l'embouchure de la
Meuse, après être restés une semaine en mer à pêcher le cabil-
laud.

Hélas ! de ces douze hommes, un seul devait survivre à l'horrible catastrophe... Quant aux soixante-douze villages et à leurs
nombreux habitants, il n'en resta pas même un vestige ! Le raz
impitoyable, de cette contrée naguère si fertile, si florissante, où
tant de familles, dans une existence tranquille et laborieuse,
trouvaient le bonheur, le raz creusa une grande baie où les eaux
passives se meuvent maintenant sur les pauvres débris de la
civilisation.

— Et celui qui n'a pas été noyé? demanda Henriette.

— Le pêcheur qui a échappé au naufrage (il se nommait Heindrich) a fait lui-même le récit de cet effroyable sinistre... Ce
récit, que je lisais encore l'autre jour, est remarquable dans sa
simplicité et il possède bien l'accent de la vérité.

Jacques, va me chercher le livre qui relate ce sinistre; tu le
trouveras dans la bibliothèque de l'oncle Louis — troisième

volume, à droite du premier rayon. — Je suis sûr que cette
lecture vous saisira.

Le petit garçon revint bientôt, un in-quarto sous le bras.

D'une voix bien timbrée, avec une prononciation irréprochable,
l'ancien directeur d'École normale lut :

« Nous revenions à la côte, vers nos chères familles qui
devaient nous attendre sur la jetée, car il y avait huit jours que
nous avions quitté nos villages, raconte le pêcheur Heindrich, le
seul des survivants.

« Le temps était passable, sauf de nombreuses accalmies qui
ne nous présageaient rien de bon, étant donnée la saison. Pendant ces moments de calme, la chaleur était si étouffante que les
hommes en étaient gravement incommodés.

« Le capitaine paraissait fort inquiet.

« Pour ma part, j'avais beau observer le ciel, je n'y voyais
rien de menaçant ; néanmoins j'étais troublé, mal à l'aise, comme
à l'approche d'un malheur.

Toute la nuit du 18, nous restâmes en panne et dans une
immobilité à nous croire vissés au plancher. Les camarades,
couchés sur le pont, dormaient ou essayaient de dormir.

« Après avoir, plus de vingt fois, changé de place, j'allais
m'étendre à l'avant et je commençais à sommeiller.

« Je venais à peine de m'assoupir, lorsque je fus éveillé brusquement par un bruit sourd, une sorte de bourdonnement éloigné,
mais continu, dont je ne m'expliquais pas la cause. Je regardai
autour de moi pour m'assurer que je n'étais pas seul à entendre,

quands je vis le capitaine qui scrutait l'horizon. Sa figure était si bouleversée que j'eus immédiatement le pressentiment d'un grand danger.

« Je voulus lui adresser la parole, mais il me fit signe de me taire et d'écouter....

De minute en minute le bruit grandissait. J'en compris la raison en constatant, avec terreur, que la barque filait, filait dans la direction même d'où venait le bruit, qui ne tarda pas à se changer en un grondement furieux !

« J'avais été si surpris, tout d'abord, que je ne m'étais pas aperçu que nous nous étions remis en marche. Ce qui redoubla mes craintes, c'est que nous marchions avec une vitesse de huit nœuds[1], et cela, sans un pouce de toile !

« A ce moment, le capitaine se tourna vers moi. Il était si pâle et ses lèvres tremblaient si visiblement que je sentis le cœur me monter aux lèvres... Il m'attira à lui et me dit à l'oreille, d'une voix qui ne ressemblait en rien à sa voix habituelle :

« — Ah ! malheur ! malheur!... le grand raz!!!

« Puis, comme atteint de folie, il se précipita vers l'écoutille[2] et disparut, nous abandonnant à la minute du danger...

— Oh!... En voilà un capitaine! s'écria Yves indigné. Il était épouvantablement lâche!... Il aurait mérité que son équipage le lançât par-dessus bord comme un vil traître !

[1] Le nœud est de 15ᵐ,43. Autant de nœuds filés en 30 secondes, autant de milles filés à l'heure.

[2] L'écoutille est une ouverture pratiquée sur le pont d'un navire pour descendre dans l'intérieur.

« Sa conduite démoralisa tellement les hommes de l'équipage qu'ils se mirent à pleurer comme à l'approche de la mort. J'essayai en vain de les calmer, demandant aux anciens si nous ne pouvions rien tenter pour échapper au danger. La réponse que j'obtins me plongea dans le plus profond désespoir.

« Je me jetai sur le pont à mon tour, je pleurai comme un enfant.

« La barque filait maintenant plus vite qu'un cheval lancé au galop, et, chose bizarre, sans la moindre secousse. On aurait véritablement dit que nous glissions.

« Le ciel était d'un bleu très clair, sans nuages. Pas un souffle de vent ne ridait l'eau.

« Nous allâmes ainsi pendant près de deux heures. Ce bruit, ce bruit terrifiant et inexplicable, était devenu assourdissant au point de m'empêcher d'entendre les gémissements de mes compagnons.

« Tout à coup, la mer changea d'aspect, se creusa... En peu d'instants, les vagues devinrent énormes. Elles étaient si hautes, que je ne me souvenais pas d'en avoir vu de pareilles.

« Un coup de mer balaya le pont et quand la barque sortit de la trombe d'eau qui avait failli nous submerger, je me retrouvai *seul* sur le pont!... Tous mes pauvres camarades avaient été enlevés!

« Je m'attachai alors aussi solidement que possible à ce qui restait au capot d'échelle et je ne tardai pas à tomber dans un engourdissement qui m'empêcha de réfléchir à l'horreur de ma situation.

« Je ne pourrais dire combien de temps je restai ainsi ; mais, quand je revins à moi, mon esprit était obsédé par une préoccupation puérile qui dominait mon effroi.

« Je cherchais à évaluer, d'une manière exacte, la distance qui me séparait de la côte. Il me semblait que, courant avec une si folle rapidité, j'en devais être peu éloigné... Je me désolais à l'idée de passer devant le port et d'être entraîné au large par le courant.

« Presque à ce moment, les événements qui se précipitaient me délivrèrent de cette obsession pour me replonger dans la stupéfiante réalité des faits.

« Malgré les nausées que me causait la descente vertigineuse du sommet des gigantesques vagues dans les profondeurs de l'abîme, malgré le bruit mystérieux qui ressemblait à un incessant roulement de tonnerre, j'eus la perception que la barque venait de s'engager dans une sorte de chenal dont les rives étaient déchiquetées par la violence du raz.

« Des arbres entiers, des épaves de maisons, de meubles me faisaient cortège, entraînés avec une incalculable force. Sur ces débris, des malheureuses victimes cramponnées, hurlaient de terreur !

« Sans cesse, la vitesse de notre marche s'accroissait... je pouvais à peine respirer... il me semblait que la catastrophe finale était là... tout proche ! Je fermai les yeux pour attendre la mort !...

« Tout à coup, je ressentis à l'épaule une douleur aiguë...

comme si je venais d'être frappé violemment. Je poussai un cri
et tombai à la renverse...

« Je revins à moi, entouré d'inconnus qui me prodiguaient
des soins.

« Je leur demandai où j'étais ; l'un d'eux me répondit:

« — A Gertruydenberg !

« Alors je crus que je devenais fou... que je ne comprenais
plus... Gertruydenberg ?

« Mais c'est une ville située à *vingt lieues* dans les terres et je
me trouvais au bord de la mer.

« Hélas ! hélas !... En quelques heures, le raz de marée, le
terrible raz, venait de creuser la baie de Biesboch, enlevant
ainsi un énorme bloc du continent, un bloc de quatre-vingts
kilomètres de longueur. »

— Et les habitants des soixante-douze villages ? demanda
Jacques terrifié.

— Je t'ai déjà dit que tous ces malheureux avaient été engloutis !

— Grand-père, dit Henriette, et les bêtes, et les petits enfants
et les maisons et???

— Tout, tout a disparu !...

La petite fille ouvrait des yeux énormes... sa petite cervelle
d'enfant ne pouvait certes pas se représenter un tel anéantisse-
ment de toutes choses.

« Oh ! dit Yves, le drame que vous venez de nous conter là,
grand-père, est imposant, grandiose, terrible ! comme tous les
drames où l'Océan entre en jeu.

— Eh ! oui, répliqua l'aïeul ; la mer est aveugle, sans âme...
d'un souffle elle détruit tout avec une impassibilité épouvantable.

— Mais ce qui me surpasse, continua Yves, c'est la conduite
du capitaine ! Il avait charge d'âmes ; il devait lutter, lutter jusqu'à la dernière minute... C'était là son devoir strict... Au lieu
de cela, dès qu'il perçoit l'imminence du danger, il va se caler
dans les écoutilles !... C'était lâche ! lâche ! lâche ! !

Au moment où Jacques allait répliquer, la porte s'ouvrit et
Henriette, qui s'était esquivée, rentra, portant avec des précautions infinies, un petit verre sur une assiette ; elle s'avança gravement vers le grand-père en disant :

« Buvez ça... je l'ai demandé à maman pour vous. »

Très étonné, le grand-papa répondit :

« Pourquoi m'apportes-tu cela ?

— Mais pour l'autre histoire ! Trois belles histoires qui se
suivent, c'est très, très fatigant !

— Henriette a raison, dit Jacques, il faut boire : les orateurs
boivent toujours !

— Je ne suis pas un orateur, moi, répondit l'aïeul en riant ;
tout au plus un médiocre conteur...

— Médiocre ! médiocre ! pas tant que ça !... répliqua Yves ;
tous disent que vous êtes un conteur charmant.

— Un jour, continua Henriette, papa m'a conduite à une réu-
nion d'orateurs. Il y en avait un qui parlait, qui parlait... et qui
faisait beaucoup de gestes ! Il tapait du poing... il s'essuyait le
front... C'était très beau !... C'était un grand orateur !... Tous les

autres criaient dessus et pendant qu'on lui criait après, il buvait
un verre d'eau... Quand il était vide (son verre!) un domestique

en donnait un autre tout plein... C'est ça qui m'a le plus amusée!
Ça... et les autres qui criaient! »

Pendant ce compte rendu vraiment cocasse, l'aïeul dégustait
lentement le vin vieux que lui avait apporté son espiègle petite-

fille. Ensuite il dit, en se frottant les mains : « Messeigneurs, je sens de nouvelles forces pour continuer l'engagement solennel que m'ont fait contracter mes vainqueurs et je passe au numéro *trois!...* Que désire le numéro trois ?

— L'histoire d'un savant ! L'histoire d'Edison !

— Comment, toi, Jacques, petit Français, tu choisis un Américain, lorsque ton pays t'offre tant de noms illustres dans les sciences : Denis Papin, Pascal, Lebon, Fresnel, Jussieu, Monge, Buffon, Lavoisier, Ampère, Arago, Pasteur, Mercadier !... et tant d'autres.

— Moi je le connais, Pasteur ; j'ai vu son portrait au salon de peinture ; il tient sa petite fille par la main, et papa a dit que je ressemble à cette petite fille, interrompit Henriette.

— Mais, grand-père, c'est justement parce que je suis Français que j'ai appris à connaître, avant tout, les beaux noms que vous me citez : ce n'est pas difficile, tous nos livres en parlent... et, comme vous a répondu Yves, pour le *Naufrage de la Méduse,* je vous dirai, moi aussi, que je connais, par cœur, la biographie de ces grands Français et que, plus d'une fois, je les ai pris pour modèles... Actuellement, tout le monde parle du savant des États-Unis d'Amérique et, après l'enfance des savants de notre pays, c'est de lui, Edison, que je désirerais le plus connaître les débuts.

— Est-ce de l'Edison de la lumière électrique et du phonographe que parle Jacques ? L'enfance de ce savant est-elle intéressante ? demanda Yves.

— De quel Edison veux-tu qu'il parle, dis-nous cela, Yves? En connais-tu un autre ? Quant à son enfance, elle est extraordinaire !... si extraordinaire que, par instant, elle côtoie l'invraisemblable : c'est du roman, de la féerie...

— Oh! alors, contez-nous cela! dirent les petits auditeurs, en faisant cercle autour de l'aïeul.

CHAPITRE X

CONTEZ-NOUS CELA ?

« Il y a déjà longtemps de cela...

— Est-ce que vous étiez né à cette époque, grand-père ? interrompit très sérieusement Mlle Henriette.

A cette question saugrenue, tous éclatèrent de rire !

— Hélas ! ma petite, depuis plus de quarante ans.

— Oh !... grand-père, que vous êtes vieux !!...

— Te tairas-tu, jacasse, crièrent les deux garçons ; comment veux-tu que grand-père raconte l'histoire d'Edison avec les interruptions intempestives?

Les petites oreilles de l'enfant rougirent très fort; précipitamment, elle quitta sa chaise et vint, l'air plein de défis et de menaces, se planter devant Jacques et Yves.

Marie, avec son tact ordinaire, prévint l'explosion en attirant vers elle la petite fille à qui elle souffla dans l'oreille:

« Fi! que c'est laid de se mettre en colère... Viens là, tout près de moi ; nous écouterons ensemble.

— Tu m'aimes, toi, dis, Marie!

— Beaucoup! »

L'enfant, rassurée, ne bougea plus.

« Donc, reprit le grand-père, dans une petite ville du Michigan, à Port-Huron (vous savez tous, n'est-ce pas, que le Michigan est un des quarante-deux États des États-Unis d'Amérique) trois pauvres gens: le père, la mère et un jeune garçon achevaient un frugal repas dans une arrière-boutique où tout était pauvre, moisi, fané. C'était une de ces petites boutiques de brocanteur, où l'on trouve de vieux habits et de vieille vaisselle.

« Le maître de ce logis était un Hollandais, venu, comme tant d'autres, tenter la fortune en Amérique. Comme tant d'autres, il n'y avait recueilli que juste ce qu'il faut pour ne pas mourir de faim. »

— Je devine que ce pauvre Hollandais n'était autre que le père du célèbre inventeur, s'exclama Yves!

— Comment, dit Jacques, le père Edison était des Pays-Bas?

C'est grand dommage pour la Hollande, s'il devait avoir un tel
fils, qu'il se soit expatrié...

— Quelle gloire pour un pays de compter, parmi les siens, un
génie tel que celui de Thomas Edison! ajouta Marie.

— Le Hollandais avait épousé une jeune Américaine, coura-
geuse, bonne, dévouée qui, avant son mariage, avait vécu en
tenant — comme le font beaucoup de jeunes filles du pays —
une école primaire. Tout en instruisant les petits enfants, elle
avait acquis quelques notions rudimentaires de calcul, de dessin,
d'écriture et de littérature. Ces notions devaient être transmises,
plus tard, à son fils Thomas, et ouvrir aux vastes horizons de la
science sa précoce intelligence.

« Mais Thomas-Elva eut bientôt dépassé le petit cercle de
connaissances qu'il devait à la tendresse de sa mère. Sa curiosité,
son désir d'apprendre étaient prodigieux. Il aimait la lecture
avec passion : c'était une passion effrénée que rien ne pouvait
assouvir. Il lisait tout ce qui lui tombait sous la main, sans choix,
sans méthode. Volontiers, il faisait les courses des libraires,
afin que ceux-ci lui permissent de dévorer livres, revues, bro-
chures, recueils illustrés, journaux.

Malheureusement, privé de maître pour lui tracer un
plan d'études, il dépensait sa jeune et immense énergie sans
parvenir à développer efficacement les facultés de son intelligence.

— Dites donc, grand-père, si Thomas Edison avait été à notre
place, il eût été rudement content d'avoir les leçons que nous

trouvons si ennuyeuses ! En voilà un qui eût raflé tous les prix
de la « *boîte!* »

— Tu veux dire du « collège », reprit le vieillard, sévèrement.

— Pincé, mon vieil Yves ! chuchota charitablement môssieu
Jacques.

« Un soir, le repas terminé, notre jeune Américain se levait
de table pour aller retrouver quelques garnements de son âge,
qui, sur la grande place, avaient installé un jeu de boules ; son
père lui mit la main sur l'épaule, le forçant à se rasseoir et, d'un
ton solennel et triste :

« Thomas, mon fils, restez ; j'ai à vous parler.

« L'enfant regarda sa mère, vit de grosses larmes silencieuses
qui coulaient le long de ses joues.

« Fort inquiet, l'enfant attendit très respectueusement que le
chef de famille voulût bien parler.

« Le père Edison, un peu embarrassé pour entrer en matière,
bourra sa pipe, l'alluma, en tira quelques bouffées de fumée,
enfin prit la parole.

« —Thomas-Elva Edison, mon fils, dit-il, vous voilà dans votre
douzième année, puisque vous naquîtes en mil huit cent qua-
rante-sept.

« — C'est vrai, mon père.

« — En Amérique, vous savez qu'à partir de cet âge, on
quitte son foyer et qu'on va au dehors tenter fortune, lorsque,
comme vous, on ne possède ni puits de pétrole, ni dollars, ni
bank-notes.

« — Je sais cela, mon père.

« — Or, Thomas-Elva Edison, vous êtes bien constitué, très fort, très agile ; vous savez lire, écrire et calculer ; vous avez, par conséquent, tout ce qu'il faut pour vous pousser dans le monde.

« — En effet, mon père, il est temps que je vous décharge d'une bouche inutile et, d'ailleurs, vous me voyez tout disposé à me mettre sérieusement au travail ; je ne désire rien tant que d'utiliser ma tête et mes bras.

« La maman Edison, doucement résignée, mais trop émue pour retenir ses larmes, soupirait :

« Combien plus heureuses que nous, sont les mères d'Europe ! Longtemps elles gardent près d'elles l'enfant qu'elles chérissent !... Chez nous, à peine est-il sorti de la première enfance, que le tourbillon des affaires nous le prend, nous l'absorbe entièrement !...

« Ah ! mon petit Thomas ! mon fils unique ! Que ne suis-je riche !... Pourquoi n'ai-je pas de dollars pour te garder là, tout près de moi !...

« Le jeune garçon se précipita dans les bras de sa mère et ces deux êtres s'étreignirent dans une tendresse infinie !

« — Allons ! Allons ! dit un peu rudement le père Edison, pas d'attendrissement ! De l'énergie et de la décision, voilà ce qu'il faut en ce moment.

« L'enfant se détacha péniblement des bras de sa mère.

« — Ne craignez rien, mon père ; l'énergie ne me fera pas défaut ; parlez... Dites-moi quelle profession vous m'avez choisie.

« — Vous serez, répondit le père Edison en se levant solennellement et en mettant ses deux mains sur les épaules de son fils, vous serez homme d'équipe dans le fourgon à bagages du railway du *Canada and central Michigan.* »

— Ah !... s'écrièrent nos petits amis indignés, ce vieux bric-à-brac faisait, de son fils unique, un homme de peine? Pas ambitieux ce père-là! Quant au fils, pour accepter ça, il était vraiment crâne!

« Le jeune Thomas, malgré son respect filial, ne put dissimuler une significative grimace à la pensée de la profession peu distinguée à laquelle on le destinait.

« — Ce n'est pas tout, ajouta le père. Vous savez que j'ai pour client le chef de gare de notre station et que c'est moi, en qualité d'ancien tailleur, qui raccommode son uniforme quand il s'y produit quelque avarie. L'autre jour, il s'y est trouvé plusieurs points à faire, et, comme il attendait dans notre boutique que j'eusse fini, j'ai saisi cette occasion pour lui parler de vous.

« Il vous sait intelligent et hardi, aussi a-t-il consenti à vous recommander au propriétaire du buffet de la gare. Il est entendu qu'après avoir achevé de recevoir, de placer ou de rendre les bagages aux stations de la ligne, vous serez libre de parcourir les wagons et d'offrir aux voyageurs du pain, du jambon ou des gâteaux. De plus, le marchand de journaux, qui est mon ami, vous chargera de vendre pour lui des revues à images et des journaux.

« Pour commencer les affaires et couvrir les premiers frais de votre établissement, il vous faut de l'argent.

23

« Thomas-Elva Edison, recevez donc ceci, dit le père aussi fièrement que s'il lui eût remis un trésor : voici trois dollars que je vous prête, et que vous aurez à me rendre à la fin de l'année.

— Quelle est au juste la valeur du dollar, grand-père ? demanda Jacques.

— C'est une monnaie d'argent des États-Unis qui vaut cinq francs quarante.

« Le jeune garçon empocha les trois dollars, poussa un gros soupir et dit :

« — Quand devrai-je partir ?

« — Il a été convenu, entre le chef de gare et moi, que demain matin, à sept heures et demie, vous entrerez en fonction.

« — C'est bien, mon père, je partirai demain.

« La pauvre mère étouffa un sanglot.

« — Ne pleurez pas, ma chère maman, dit le jeune garçon très décidé ; nous ne nous séparerons pas complètement. Le train s'arrête chaque deux jours à Port-Huron, nous pourrons nous voir à son passage !...

« Il embrassa la chère femme avec une tendre effusion, serra la main du vieux brocanteur et, au lieu d'aller faire une partie de boules, grimpa dans une espèce de soupente qui lui servait de chambre. Sans hésitation, sans lamentation, il se mit à faire ses préparatifs de départ.

« Le lendemain matin, à sept heures trente minutes, comme

le train du *Canada and Central Michigan* entrait en gare, Thomas-Elva Edison sautait lestement dans le fourgon à bagages et commençait résolument son métier. »

— Quelle précipitation, grand-père, interrompit Marie ; il n'y

a que les Américains pour se décider ainsi du jour au lendemain !

— En effet ! ça ne traîne pas avec eux... du soir au matin embauché !... Hop là ! répliqua Yves.

« Voilà donc notre héros chargeant et déchargeant aux stations et parcourant le train pendant la marche, pour offrir aux voyageurs ce qui se mange, ou se lit, ou se fume.

« L'enfant était gentil ; il plaisait par son air éveillé et par sa manière drôlette de vanter sa marchandise. Il réalisa assez vite quelques petits bénéfices ; remboursa à son père les trois dollars qu'il en avait reçus et, comme sa passion pour la lecture ne l'avait pas quitté et que cette passion était surexcitée par les livres de toutes sortes qu'il vendait aux voyageurs, il résolut de satisfaire son goût.

« Il embaucha quelques gamins de Port-Huron, qu'il chargea

de colporter sa marchandise, tandis que lui, *Patron !* élisait domi-
cile dans l'un des¦ angles du fourgon à bagages.

« Un livre de chimie qui lui était tombé sous les yeux, lui

inspira le goût de cette science et comme il était extrême en
tout, il ne rêva bientôt plus que combinaisons, réactions et
formules !

« Thomas Edison se procura certains sels, acides et métaux
et, dans son fourgon, toujours, il organisa un *laboratoire* où il

essayait ses expériences... Ce laboratoire devait avoir une fin lamentable.   .

« Un jour que la trépidation du train était plus forte que de coutume, un flacon de phosphore, placé sur une étagère, tomba.

« Au contact de l'air, le phosphore s'enflamme, et voilà le plancher du wagon en feu !...

« Le conducteur du train, homme sévère, sans enthousiasme, ne plaisantant pas sur le service, éteint le feu d'abord ; puis, d'un mouvement de colère, jette sur la voie le pauvre laboratoire ambulant. Cela fait, il arrive au petit Edison, navré de voir le sort de ses chers bocaux, le saisit par le fond de son pantalon et... lui administre une correction manuelle dont le grand homme n'a pas perdu la mémoire.

« — Je sens encore la vigueur de ses muscles, » dit-il, en promenant sa main sur la partie charnue de son corps, lorsqu'il lui arrive de raconter ses mésaventures de petit chimiste.

« Mais Edison ne pouvait rester oisif un instant.

« Une nouvelle idée hantait son cerveau : le télégraphe électrique.

« Impossible désormais de résoudre ses expériences dans le fourgon aux bagages : le conducteur du train, avec ses yeux d'Argus, s'en fût vite aperçu et alors, oh ! alors...

« Il organisa donc chez son père un nouveau laboratoire — en lieu sûr, celui-là, — mais où, hélas ! il ne pouvait travailler que tous les deux jours, pendant une demi-heure, à peine...

« Il s'empara des vieux pots qui encombraient la boutique,

ramassa tous les débris de métaux qu'il put trouver et arriva à
fabriquer des piles électriques qui mettaient en action un télégraphe rudimentaire. Ce télégraphe lilliputien fonctionnait ma
foi très bien et, dans le réduit du vieux brocanteur, ce n'é-
tait du matin au soir, qu'un bruit de sonneries plus ou moins
fêlées.

« Edison n'avait que son télégraphe en tête... il ne vivait plus
que pour ses vieux pots remplis de ferraille et de liquide acidulé ;
ses voyages lui semblaient interminables et, volontiers, il eût
poussé les parois de son wagon pour en accélérer la vitesse.

« La maison de son père était à vingt minutes de la gare, cela
exaspérait l'enfant de penser qu'il lui fallait refaire, à pied et en
sens inverse, le chemin parcouru en chemin de fer.

« Il réfléchit à cela pendant quelques jours ; puis un matin,
avant de prendre son service, on le vit, aidé de ses petits com-
mis, déposer contre la voie et en face de la boutique du père
Edison, un large et épais tas de sable.

« — Pourquoi faire tout ce sable? demandaient ses petits
camarades.

« — Entassez ! répondait laconiquement le *patron*.

« Deux jours après, au moment où le train, lancé à toute
vapeur, passait devant la maison paternelle, Thomas Edison
s'élançait de son fourgon, s'étalait sur le sable, se relevait prestement et, toujours courant, allait revoir sa chère et bonne
mère et son... télégraphe ! »

— C'était une ingénieuse et hardie manière de descendre

d'un train en marche, interrompit Marie ; elle n'était certes pas
à la portée de tout le monde.

— Fallait-il qu'il soit courageux et agile, cet Américain-là,
riposta Jacques... Oh ! d'ailleurs, en fait de courage et d'agilité,
je ne crois pas qu'il aurait pu en remontrer à Yves !

Yves, si gentiment mis en cause, remercia le petit cousin
d'un bon sourire, et continua :

— Vous aviez raison, grand-père, de nous dire que c'est une
histoire extraordinaire que celle d'Edison ; il promettait, le gamin !

Le bon-papa, ainsi interrompu et charmé que ses petits-enfants
prissent tant de plaisir à son récit, continua :

« A quelque temps de là, notre héros s'assurait un protecteur
dévoué, le chef de gare de Port-Clément dont il avait sauvé
l'enfant en risquant sa vie.

« Ce protecteur, pour témoigner sa reconnaissance au sauveur
de son fils, lui enseigna le maniement du télégraphe électrique
et son vocabulaire. Mais cela ne suffisait pas à l'activité dévo-
rante du jeune Yankee toujours à l'affût d'occupations nouvelles
car, dans son fourgon, ses chères études sur l'électricité se trouvaient absolument proscrites. Il essaya différentes professions
manuelles, entre autres celle de cordonnier, mais aucune ne lui
convint...

« Un beau matin, il s'éveilla avec l'idée de se faire journaliste ! !

— Cordonnier ?... Journaliste ?... mais c'est de la féerie ! c'est
invraisemblable ce que vous nous contez là, grand-père !

« Tourmenté par cette nouvelle idée, il se rendit dans les bureaux d'un journal et acheta, pour quelques dollars, les caractères usés et réformés provenant de ce journal; puis, pour quelques

dollars encore, il se procura les accessoires et le matériel d'un rudiment d'imprimerie, emmagasina le tout dans son fourgon...

— Oh! Ce fourgon, c'était vraiment son centre d'opérations ! dit Yves en riant.

24

« Voilà donc Thomas-Elva Edison subissant une nouvelle
transformation... Nous le trouvons simultanément : rédacteur
en chef, compositeur, prote, correcteur, pressier, plieur et ven-
deur !

« A chaque arrêt du train, il recueillait les nouvelles, les écrivait à la hâte dans une langue très naïve et très sincère. Y avait-
il disette d'informations, il y suppléait en inventant quelques
nouvelles à sensation.

« Ce journal, qu'il avait intitulé « *The grant Trunk herald* »
(Le courrier du centre des embranchements du Michigan), tout
humide encore de l'encre du fourgon à bagages, s'enlevait litté-
ralement... C'était une vogue !

« Même les journaux de Londres en parlaient comme une des
plus étranges manifestations de l'esprit d'initiative de l'Amérique
du Nord.

« A ce journal ambulant, Edison imagina d'en joindre un
autre pour paraître à Port-Huron... Ce fut sa perte. (Comme
journaliste, entendons-nous !)

« Cette nouvelle feuille, qu'il nomma « *Paul pry* » — Paul l'indiscret — était bien la feuille la plus médisante et la plus calom-
niatrice qu'on pût inventer : tous les scandales y étaient relatés,
commentés et augmentés, tant et si bien, qu'un jour, un Yankee
dont on avait diffamé la famille, jura de tirer vengeance du directeur qui publiait de tels libelles.

« Rencontrant, un après-midi, le jeune homme sur le port du
lac Huron, il l'empoigna, comme naguère le chef de train (vous

en souvenez-vous ?) et, sans plus de façon, le plongea dans l'eau
du lac, l'y regarda se débattre en criant dans un accès de colère
aveugle : « Barbote !... barbote !... »

« Il « barbota » longtemps, mais comme il était excellent
nageur, il put enfin se sauver.

« Quant au journal, il avait fait un tel plongeon, dans la
personne de son rédacteur en chef, qu'il fut impossible de le
repêcher... »

— Ce n'était vraiment pas digne d'Edison, dit Marie, de mettre
son intelligence à la torture, pour créer des ennuis à autrui...

— Moi, reprit Yves, je trouve le plongeon un peu brutal, mais
vraiment des procédés si peu délicats appelaient des repré-
sailles.

Le grand-père continua :

« Ce bain forcé le dégoûta à tout jamais de la profession de
folliculaire et, en même temps, de son fourgon qui, pendant des
mois avait été son... cabinet de rédaction. Toute son activité se
tourna vers une occupation et plus haute et plus digne.

« Je vous ai dit que notre héros avait étudié la manœuvre et
le vocabulaire du télégraphe électrique. Il voulut tirer parti de
ses connaissances et sollicita une place d'employé dans les
bureaux du télégraphe de la ligne du Michigan.

« Le seul poste qui fût vacant était celui d'un employé de
nuit...

« Edison n'hésita pas pour si peu et accepta.

« Ce fut son premier pas dans une carrière qui convenait entiè-

rement à ses aptitudes et où il allait déployer toutes les ressources de sa vaste intelligence !

« En quelques mois, il devint un manipulateur de premier
ordre ; mais c'était bien le plus mauvais employé qu'on pût
trouver !... Sans cesse à la recherche d'une découverte ou d'une
solution de problème, il oubliait souvent d'envoyer les dépêches
ou de recevoir celles qu'on lui envoyait ; aussi, dès que l'occasion
s'en offrait, ses chefs s'en débarrassaient-ils. C'est ainsi qu'il fut
successivement envoyé à Louisville, à Cincinnati, à Stratford,
à Memphis...

« Un soir, le directeur des télégraphes du Canada voulut avoir
raison des distractions du jeune homme et lui intima l'ordre, sous
peine de perdre son emploi, d'avoir à télégraphier *chaque demi-
heure*, à la station voisine, le *même mot.* »

— Grand-père, quel était ce mot ? demanda la petite Henriette qui s'intéressait beaucoup à cette histoire, bien qu'elle fût
un peu au-dessus de son âge.

— Je l'ai oublié ; mais qu'importe le mot.

« Cet ordre ne faisait pas du tout l'affaire d'Edison qui, pour
cette nuit-là même, avait préparé toute une série d'expériences.
D'un autre côté, perdre sa situation !... C'était fort grave !...
Que faire ? Il réfléchit un instant et se mit à improviser un petit
appareil, très délicat, que la grande aiguille de là pendule
du bureau venait toucher chaque demi-heure.

« Ce mouvement automatique faisait télégraphier régu-
lièrement le mot prescrit et ainsi, sans être dérangé, le jeune

employé put se livrer, pendant toute la nuit, à des occupations
qu'il jugeait autrement intéressantes que celles auxquelles le
soumettait son emploi.

« A force de recherches, d'observations, Edison avait trouvé le

moyen de faire passer simultanément deux dépêches télé-
graphiques, en sens inverse, *par le même fil.*

— Je ne comprends pas très bien, interrompit Jacques, comment on peut, sur un même fil et en même temps, obtenir deux

dépêches lancées de deux points opposés? Ça n'a jamais pu se réaliser, n'est-ce pas, grand-père?

« — A l'époque dont je parle, en mil huit cent soixante-quatre, cette découverte stupéfiante n'eut aucun succès. Celui qui l'avait faite n'était âgé que de dix-sept ans, et l'on ne se gêna pas pour considérer cette manifestation d'une intelligence extraordinaire comme le rêve d'un cerveau dérangé. D'ailleurs le directeur du télégraphe, s'adressant au jeune homme, le renvoya dédaigneusement et de ses lèvres administratives il laissa tomber ces mots;

« — Sortez, jeune homme; vous êtes fou!... »

« Plus tard la même idée fut reprise par M. Ernest Mercadier, directeur des études à Polytechnique, un grand savant et combien modeste! puis par M. Baudot dont l'appareil, partout en usage, utilise le même fil pour expédier jusqu'à dix dépêches à la fois.

« Le pauvre Edison avait été définitivement remercié par son administrateur...

— Quoi! grand-père, ils avaient été assez sots pour le renvoyer? Ah! c'est trop fort! s'écria Yves, vraiment indigné.

« Privé de sa place et sans ressources pécuniaires, Edison dut s'imposer les plus dures privations; mais il ne se découragea pas et surtout ne resta pas inactif.

« Durant sa disgrâce, il s'occupait de mécanique et un travail, auquel il s'adonnait en grand secret, absorbait tous ses instants.

— Comment, dit Jacques; il avait donc abandonné l'électricité?... Il est vraiment prodigieux, cet Edison !

« — Quelques mois après, une compagnie financière de New-York, qui avait entendu parler des rares facultés d'invention du jeune Yankee, l'appela en hâte pour réparer un *indicateur méca-nique des cours des valeurs*.

« Le mécanisme fut immédiatement remis en état et en même temps, Edison (il avait alors dix-huit ans) présentait au directeur de cette société financière, un appareil de son invention qui impri-mait automatiquement, et sans perte de temps, les plus petites variations sur-venues dans le cours des valeurs.

— Ah! voilà!... cette machine, c'était le travail mystérieux auquel il s'é-tait livré...

« Le directeur de la compagnie s'empressa d'acquérir l'appa-reil, qui était d'une rare perfection.

« A partir de ce moment, les mauvais jours furent passés, et c'est à pas de géant qu'il marcha vers la gloire.

« Il rentra au télégraphe triomphalement! Non plus comme petit employé, mais comme ingénieur principal, avec des appoin-tements magnifiques.

« En outre, tout le temps nécessaire à ses expériences et toutes les commodités lui furent données.

« Enfin, à quelque temps de là, les Américains, fiers de leur jeune compatriote, et devinant l'éclat que son nom pourrait projeter sur les États-Unis du Nord, créèrent pour Thomas Edison, comme nous, pour Pasteur, un immense laboratoire, merveilleusement aménagé et approvisionné.

« L'élite des chimistes, des physiciens, des électriciens, des mécaniciens, des mathématiciens, fut placée sous ses ordres avec de fort beaux émoluments. Ce lui fut une armée d'aides et d'employés d'intelligence et de dévouement éprouvés qu'il dirigea à sa guise.

« Dans la fleur de sa jeunesse, très riche et indépendant, il put, dès lors, se consacrer tout entier à la science et à l'industrie. Il lui arriva de gagner des sommes énormes ; il en était heureux, non pas pour les thésauriser ni pour se donner le luxe d'un parvenu, mais parce que c'était une force nouvelle qui l'aidait à triompher de bien des obstacles et qui lui permettait de se procurer des substances très rares, indispensables pour mener à bien quelque nouvelle expérience.

— Grand-père, interrompit Marie, que devenaient et la bonne mère et le père d'Edison? Ne les oubliait-il pas, au milieu de toute cette prospérité? Étaient-ils toujours les pauvres brocanteurs de Port-Huron?...

— Les oublier?... Non, non! Il se montra toujours fils très respectueux. Il était fort tendre pour son excellente mère.

« La petite boutique de Port-Huron avait été délaissée pour le cottage que le jeune homme célèbre habitait à Menlo-Park et, jusqu'au mariage du savant, ce fut la maman Edison qui dirigea l'intérieur de « Mon petit Thomas-Elva », comme elle continuait de l'appeler.

— Ah ! J'aime mieux cela, déclara Marie ; la crainte où j'étais de le voir rougir de la pauvreté de ses parents, me gâtait le savant.

Après cette courte interruption, le bon-papa continua :

« Depuis, Edison marque chaque année par une invention nouvelle, et ce qui va certainement vous étonner, mes petits-enfants, c'est que ce prince de la science ne s'est jamais laissé griser par les solennels témoignages dont la France, l'Angleterre et l'Allemagne l'ont accueilli lorsqu'il est venu, il y a quelques années, faire une visite à l'Europe.

« Dans son charmant cottage de Menlo-Park, le grand homme dont la renommée est universelle, continue à mener une existence simple et très modeste. »

— Ses inventions les plus répandues, demanda Jacques, ne sont-elles pas le *phonographe* qui « recueille, inscrit, répète la voix parlée » et les lampes électriques que l'on appelle « lampes Edison » ?

— J'ai lu, dit Marie, que cette lampe se présente en concurrence avec le gaz, qui un jour, sera entièrement supplanté par l'électricité.

— C'est exact, mon enfant ; notre héros a substitué au conducteur métallique qui avait de graves inconvénients (entre autres, l'intermittence et l'inégalité de la lumière), le conducteur de charbon. Mais il ne se borna pas à construire cette lampe dont l'usage n'eût pu se généraliser, parce qu'il est impossible que chaque particulier installe chez soi une machine à vapeur et une machine génératrice de l'électricité, pas plus qu'il n'est possible d'y installer une usine à gaz. Édison s'occupa donc de fournir, à cette lampe, le courant qui doit l'illuminer, de manière à ce qu'il n'y ait qu'un robinet à tourner pour avoir de la lumière, absolument comme l'on fait avec le gaz.

« Il donna la solution complète de ce problème, en créant à New-York la première *usine centrale d'électricité*, sur le modèle de laquelle on a établi ensuite les usines centrales qui fonctionnent actuellement à Paris et dans toutes les capitales de l'Europe. »

— Oh ! dit Marie, je me rappelle fort bien avoir vu, à l'Exposition Universelle de 1889, une quantité prodigieuse de lumières ; mais j'avoue qu'à cette époque, je n'établissais aucune distinction entre les différents modes d'éclairage. Ce qui m'avait frappée, effrayée presque, c'était le phonographe.

« Il me semble encore voir ce cylindre de cire et entendre soit le chant, soit les paroles, soit la musique qui sortaient magiquement de cette petite machine de forme bizarre. »

Jacques et Yves remercièrent, de tout leur cœur, le bon grand-père qui leur contait de si belles histoires : si belles et si instructives.

— Quelle mémoire vous avez grand-père et comme vous savez

bien dire !... On oublie que le temps passe à vous écouter... Je voudrais toujours vous entendre, dit Yves.

— Oui, mais grand-père doit être rudement fatigué ?... Avant de lui dire tout ça, Yves, tu ferais bien mieux d'aller préparer quelque chose de bon qui le réconforterait, déclara Jacques. Et, puisque M. Phébus a fini de bouder, qu'il nous envoie ses chauds rayons, nous pourrions aller faire un tour sur les grèves en attendant le dîner. Qu'en dites-vous, grand-père?

— Si nous demandions à tante Louisette et à papa de venir avec nous; ce serait charmant, ajouta Marie.

— Charmant en effet... Cours le leur demander, mon garçon, et dès que tu seras de retour... En route!

— Et goûter? réclama Henriette... faut goûter auparavant... moi j'ai faim depuis longtemps! J'ai faim... depuis le tas de sable de Thomas Edison?...

Il est à croire qu'elle ne s'était intéressée au héros américain que jusqu'à cet acte extravagant et hardi... Pour elle, le reste!...

CHAPITRE XI

OH!... QUELLE SURPRISE

« Caen, 20 août 189...

« Mes chers enfants,

« Voilà dix grands jours que je suis seule, toute seule dans notre petite maison normande qui jamais ne m'a semblé si vaste, parce qu'elle est vide de tout ce que j'aime au monde...

« Malgré de bons amis qui s'ingénient à me distraire, malgré

les nombreux étrangers venus à Caen pour les courses — parti-
culièrement animées cette année, — malgré le pittoresque des
bords de l'Orne, malgré vos lettres charmantes et la certitude
que notre cher imprudent est complètement guéri, malgré tout,
je m'ennuie, je m'ennuie ; je trouve le temps d'une longueur
interminable !

« Il faut (comprenez-vous bien ? *il faut*) que le grand-père, les
enfants et les petits-enfants prennent une décision au plus vite,
car votre pauvre grand'mère est en pleine révolte et ne *veut* pas
rester seule plus longtemps.

« Voici ce que je vous propose :

« Venez tous à Caen passer la fin du mois d'août...

« La maison est, comme notre cœur, assez vaste pour vous
contenir tous !... — Tous ? — Oui, oui, *tous*, car Pierre m'a écrit
ce matin pour m'annoncer son arrivée très prochaine : ses
travaux étant achevés...

« Il fait merveille, paraît-il notre cher Pierre ! Le ministre des
travaux publics lui offre un poste important et l'a proposé pour...
Mais qu'est-ce que j'écris là ? Pierre me demande le secret le
plus absolu : il veut faire une *grrrande* surprise à sa chère
petite femme et à son « vieux Louis », comme il appelle amicalement son beau-frère.

« A présent, vous voilà bien intrigués ; et votre fertile imagination va bondir, de suppositions en suppositions, sans savoir
à laquelle se fixer.

« — De grâce, grand'mère, allez-vous supplier, calmez notre

curiosité légitime ! Voyez l'état de fièvre où nous sommes plongés,
par votre faute ; puisque, après vous être avancée, vous nous
laissez là... dans l'attente d'un grand bonheur ! Mais de quel
bonheur ?

   « Oui, mes enfants ; vous avez raison : je ne devais rien

dire, ou tout dire... Oh ! combien ce que je sais me comble de
joie !

   « Malgré la défense de notre Pierre, ne puis-je vous faire par-
tager mon allégresse ? Ma foi, tant pis, je lâche mon secret ! La
langue me démange trop depuis que je sais la distinction dont
mon fils est l'objet... Ici, où je ne vois guère que des indifférents,
je l'ai clamé à chacun de ces indifférents... et lorsque j'écris au
père de mon enfant, à sa femme, à son frère, j'aurais la force de

retenir ma plume ?... C'est au-dessus de mes moyens : je ne le puis pas !...

« Tant pis, si Pierre me gronde !...

« Donc le ministre propose notre Pierre pour... la Légion d'honneur.

« Oh ! mes enfants ! mes chers enfants !... Quelle satisfaction vous donnez à vos vieux parents ! Puissent nos petits-enfants vous ressembler !

« Mon indiscrétion commise je reviens à ma proposition.

« Donc, préparez vos valises et venez vite à Caen. Si vous ne vous y décidez pas immédiatement, c'est moi qui irai vous trouver... Je vous assure que les préparatifs ne traîneront pas... je suis honteusement impatiente !

« Grand-père a dû vous dire que la partie de l'Orne qui coule au bas de notre potager est très poissonneuse. Vous pourrez, enfants et petits-enfants, y faire de merveilleuses parties de pêche et sans aucun danger pour la marmaille : en cet endroit, la rivière n'est pas profonde.

« Notre récolte de pommes sera magnifique cette année ; les arbres se courbent sous le faix ; même quelques-unes des branches menacent de casser... je crois que nous aurons du cidre exquis !

« Venez donc vite, venez donc vite cueillir des pommes et embrasser la pauvre Mère-Grand qui envoie tout son cœur à ses chers absents.

« MARIE DEPORT. »

Lorsque la lecture de cette lettre, si débordante d'amour maternel, fut achevée, de toute la force de leurs poumons les enfants se mirent à chanter.

Gai! Gai! Gai!
Allons cueillir des pommes!
Gai! Gai! Gai!

— Les pommes! dit Jacques, c'est bon; mais ce n'est pas ce qui me fait le plus grand plaisir dans la lettre de bonne-maman, c'est, c'est...

— C'est la décoration de papa! continua Henriette.

— Vive l'oncle Pierre!! cria Yves, en agitant son béret.

— Vive papa!! hurlèrent Jacques et Henriette.

— Vive la Légion d'honneur!

C'était une joie débordante! Grands et mioches étaient heureux, heureux de la haute récompense qui allait à celui dont le mérite et la capacité étaient rehaussés par une dignité que rien ne pouvait entamer... Tandis que les enfants, pleins d'exubérance, hurlaient leur bonheur, les parents, plus profondément heureux, plus émus aussi, se pressaient les mains en silence... la joie les rendait presque muets.

. . . .

Le soir, pendant le dîner, le grand-père dit :

« Je viens de répondre à la lettre de grand'maman. Yves est assez robuste à présent pour supporter ce petit voyage. De concert avec son père, nous avons résolu de partir après-demain matin.

26

« A dix heures vingt-cinq, nous quitterons Avranches et vers cinq heures, environ, nous débarquerons à Caen où ma chère femme, j'en suis bien sûr, nous attendra en comptant les minutes.

— Oh ! les vilains cachottiers, dit très sérieusement Mme Deport. Comment ! ils ont arrangé cela entre eux, sans daigner m'en prévenir !

Et sur un ton de doux reproche, la jeune femme ajouta :

— Tu aurais bien pu me parler de cela, Louis, est-ce que ta fille et ton fils ne sont pas « mes enfants ! »

Puis elle fit aussi quelques observations sur le dérangement et la fatigue qu'allaient produire, dans le calme intérieur des vieux parents, un tel envahissement.

— Il serait bien mieux que maman vînt ici ; elle aurait tout son temps pour se laisser aimer et dorloter et ainsi, la préoccupation d'installer, d'héberger des envahisseurs comme nous, lui serait épargnée.

— Ta, ta, ta... reprit le grand-père, en épluchant, avec de grandes précautions, une délicieuse poire de Messire-Jean, ce qui est écrit est écrit. Vous viendrez tous à Caen. Et ma Louisette, et ses enfants, et son frère, et son mari. Tous, tous vous y viendrez....je le veux !

— Grand-père a bien raison de vouloir nous emmener à Caen ! D'abord, ça fera plaisir à grand'maman et puis, on pourra faire de magnifiques promenades en bateau, déclara Yves.

— Oh ! toi, dit tante Louisette, dès qu'il s'agit de bateau...

— Si nous partions après le dîner ? insinua Henriette.

— Tu nous prends pour Edison, ma sœur, répliqua Jacques. Aussitôt exécuté que résolu... Et les préparatifs du voyage ? Qui les fera ?... Moi d'abord, il me faut mes compas, mes règles, mes équerres, mon encre de Chine, mon papier Ingres, ma planche, mes..

— Dis donc Jacques, si tu allais chercher tout le cabinet de l'oncle Pierre, riposta Yves, narquois, ce serait plus complet ! A ta place, je n'hésiterais pas... d'Avranches à Paris ! En express, six heures trente minutes de parcours ! Peuh ! Cette distance est une quantité négligeable.

— Yves, avec sa « quantité négligeable », dit Marie, me rappelle une histoire bien amusante que j'ai lue dans un des livres de la *Bibliothèque des Familles*.

« L'auteur, qui nous faisait enjamber un siècle, nous supposait à la fin du vingtième.

« Les moyens actuels de locomotion y étaient ridiculisés : les trains rapides traités de « vieilles pataches » et les express, comparés à une tortue allant péniblement d'un pied de chou à un autre pied de chou. »

— Alors de quoi se servait-on ? D'ailes ?

— Pas du tout : on avait des ballons dirigeables... Ces ballons prenaient les voyageurs et, avec une vitesse égale à celle de la pensée, les transportaient où ces derniers voulaient aller.

« Un jour, toute une famille de la province, arrive à Paris, tombe à l'improviste chez des amis, juste à l'heure du déjeuner.

— Partagez notre modeste repas?

— Avec plaisir.

« Les amphitryons, qui craignaient que le déjeuner fût exigu, disent à leur servante, avec toute la politesse que ces *Utilités* exigeront de leurs maîtres au siècle suivant :

— Oui, je me rappelle avoir lu que, désormais, il n'y aurait plus de domestiques, mais des Utilités, interrompit Yves en souriant.

Continue l'histoire, Marie : tu en étais : « disent à leur servante. »

« Mademoiselle Nausicaa consentirait-elle à prendre le ballon pour aller nous chercher une livre de jambon à Chicago, puis, en revenant, si Mademoiselle daignait, elle s'arrêterait à la Martinique et prendrait une demi-livre de café torréfié.

— Holà! mais dans combien de mois déjeuneront-ils, les malheureux? dit le grand-père qui riait de tout son cœur.

— Baste! on ne s'inquiétera pas de cela! Il paraît que ces mignonnes courses se feront en si peu de temps que ce temps sera une « quantité négligeable ».

— Pas mal trouvé, dit le grand-père.

— C'est très bien, très bien, renchérit l'oncle Louis. Oh! ces Parisiens! Il vous ont un esprit!

— Mais c'est une charge cela, n'est-ce pas Marie? Jamais ça ne sera possible, qu'on puisse aller en Amérique en aussi peu de temps qu'il nous en faut pour aller chez l'épicier?

— Pourquoi ne serait-ce pas vrai? interrompit Henriette. Quand il vient du monde pour déjeuner ou pour dîner sans que l'on ait été prévenu, faut bien acheter plus!...

— Sans doute ; mais avoue qu'on ne va pas à Chicago pour cela.

— C'est loin Chicago ? C'est-il loin comme du cirque à Guignol ?

— Tu dis des bêtises, ma petite Henriette : Chicago est très très loin !... en Amérique !... Et pour y aller, il faut traverser l'océan Atlantique sur de grands bâtiments qui filent avec une étonnante vitesse ; malgré cette grande vitesse, sais-tu combien il faut d'heures pour effectuer cette traversée ? Cent soixante-huit heures, ce qui fait juste sept jours.

— Oh !... tout ça d'heures ?... Ben, alors, c'est pas moi qui dis des bêtises, c'est ton histoire...

— Oncle Louis, est-il vrai qu'il faille si longtemps pour aller en Amérique ? demanda petit Jacques.

— Non, plus à présent.

« Il y a une cinquantaine d'années, répondit M. Louis Hubert, aller de France à Chicago ou à New-York, c'était « aller dans l'autre monde » avec toute la terrible interprétation du sous-entendu donnée à cette locution...

— Louis a raison, ajouta M. Deport ; ainsi maintes fois dans ma jeunesse, j'ai surpris des dialogues dans le genre de celui-ci.

— Savez-vous que M. Untel va en Amérique ?

— Untel ? Ah ! oui, oui, j'entends... Untel ? Peuh ! un aventurier ! Sinon un fou ! »

Car c'était un préjugé que, pour aller en Amérique, il fallait, si l'on était sans fortune, être décidé à tenter les pires aventures pour gagner sa vie.

Mais si l'on possédait pignon sur rue, et que malgré cela on se risquât à faire la traversée, on était mûr et archimûr pour les Petites-Maisons !

— Ah ! bien, s'exclama Yves, que les temps ont changé, depuis votre jeunesse, grand-père. A présent traverser l'Océan, ce n'est pas la mer à boire ; c'est le cas de le dire.

« D'où venait donc cette appréhension que l'on avait, d'aller visiter le Nouveau Monde ?

— Des mille aventures douloureuses auxquelles on était exposé, et de la longueur du trajet. Avant de partir, il était de rigueur de faire son testament, à moins qu'on ne possédât ici-bas, rien d'autre, que son pauvre corps. On s'embarquait sur un navire à voiles et, sur ce navire, on y subissait les horribles tortures de la misère la plus atroce : la faim, la soif, le manque d'espace, la repoussante promiscuité. En un mot, toutes les souffrances possibles, on les y souffrait, et ce martyre durait de six semaines à trois mois, suivant la saison et le vent !

— Alors, demanda Yves, qui était tout oreilles, de ces misérables voiliers, on est passé sans transition aux magnifiques paquebots transatlantiques que nous avons visités l'année dernière au Havre ?

— Non, non, répondit le grand-père en souriant ; des améliorations, des révolutions semblables ne s'accomplissent pas d'un coup.

« Aux voiliers, ont succédé les *frégates* à vapeur ; ce n'était d'ailleurs un grand progrès ni pour la rapidité, ni pour la sûreté, ni pour le bien-être des passagers.

« Enfin, il y a une trentaine d'années qu'une grande compagnie, la « *Compagnie transatlantique* » se fonda, créant les premiers services réguliers qui eussent existé, transformant graduellement l'antique mode de navigation et, à force de perfectionnements successifs, arrivant à vaincre les vieux préjugés d'antan. Un transatlantique d'aujourd'hui « est une petite ville avec tout le luxe d'une grande, moins les ennuis quotidiens de la vie ».

— Actuellement, combien faut-il de temps pour, du Havre, gagner l'Amérique?

— Sept jours !

— Oh ! papa, si peu que cela?

— Encore n'est-ce là qu'un chiffre rond, car il arrive fréquemment d'accomplir la traversée en moins de temps.

« Dernièrement, une compagnie américaine provoqua une compagnie anglaise à un « record ». L'Océan put être traversé en cinq jours, quinze heures, vingt-huit minutes. Il faut avouer que c'était là un résultat admirable !

« Certes ! conclut le grand-père... Avec tous les progrès qu'on est en voie de réaliser, c'est à se demander à quelle rapidité pourront atteindre les paquebots, dans une dizaine d'années. »

Tout en bavardant, projetant, discutant, s'instruisant, le repas du soir s'était prolongé d'une façon inusitée. Les jolis yeux d'Henriette, si brillants et si vifs, commençaient à se voiler ; c'était bien l'heure du « Père sable », comme disent les tout petits enfants.

Jacques, lui-même, se donnait un mal énorme pour combattre l'engourdissement qui commençait à le paralyser.

27

— Ils n'en peuvent plus, les pauvres mignons! dit la jeune Mme Deport en montrant du doigt les deux petits; permettez, mon père et toi, Louis, que j'aille les coucher... Yves serait bien raisonnable s'il imitait ses cousins; il n'est pas encore fort comme un colosse.

. . . .

Le lendemain matin, Henriette qui s'était éveillée comme les petits oiseaux, c'est-à-dire avec le jour, manifestait une agitation singulière !

On la rencontrait partout à la fois : au jardin où elle empotait, pêle-mêle, des pensées, des roses et des œillets « pour grand'-mère ».

A la salle à manger où elle emplissait sa poche « pour grand'-mère » toujours, de prunes et de groseilles. Dans la salle de récréation où elle empilait berceau, petite table, petite armoire, petit piano, petit service de porcelaine, tout son ménage de pou-pée, quoi!... avec mesdames les poupées elles-mêmes, autour desquelles on avait ficelé des trousseaux bizarres.

Puis c'étaient des cordes, des cerceaux, des papillonnettes, des ballons, un cheval de bois (jadis à Jacques, mais que la petite fille s'était octroyé). Une cage où elle emprisonnait deux serins babillards; une caisse à savon où s'ankylosait son lapin blanc (Bichon), en attendant qu'il étouffât... Il y en avait comme cela jusqu'au plafond.

Le grand-père qui passait, vit, par la porte, restée ouverte, ce gigantesque amoncellement.

— Que fais-tu là, petite ? demanda-t-il.

— Mes paquets, grand-père, puisque nous allons à Caen.

— Jacques qui arrivait, suivi d'Yves, entendit la fin de la phrase.

— Tout ça ?... Yves ! vite, vite ! viens donc ! Tiens, regarde ! Crois-tu qu'Henriette en a des cigales dans la tête ! Elle veut emporter tout ce bric-à-brac... Oh ! son pauvre « Bichon ! » Oh ! ses pauvres oiseaux ! Oh ! ses pauvres fleurs...

« Non, mais regarde-moi ces fleurs, dans ce pot jaune ; les unes sans queue, les autres avec leurs racines longues comme une chevelure de cerf-volant !... Il faudra louer tout un wagon pour les bagages de mademoiselle ma sœur ! Est-ce que, pour huit jours, petite  sotte, on voyage avec toute sa smala ainsi qu'un Arabe dont j'ai oublié le nom.

— Abd-el-Kader, souffla Yves.

— Henriette exagère, c'est évident, dit le bon-papa ; mais est-ce bien à Jacques d'en rire comme il le fait ? Ne voulait il pas, lui, se munir de tous ses engins de dessinateur, et certes ils sont nombreux, ses engins !

« Allons, ma petite Henriette, calme ton agitation et, crois-

moi, laisse ici ton serin, ton lapin, ton cheval et tes poupées.
Tu n'auras guère besoin de cela pour te distraire là-bas.

— Est-ce que nous pourrons pêcher à la ligne ?

— Oui, si tu me fais la promesse d'être prudente.

Aussitôt l'enfant, d'un extrême, tomba dans un autre : elle ne
voulut plus se pourvoir de rien, sauf de « mes belles fleurs, pour
grand'mère, et de mes prunes » !

Cette journée de préparatifs passa très rapidement et le lendemain, tous, petits et grands, se trouvaient sur le quai de la
gare, chacun sa valise à la main, prêts à sauter dans le train qui
devait les emporter vers la chère vieille maman.

. . . .

Oh ! la joie de la grand'mère en embrassant tous les siens !

Oh ! les tendres effusions !... Oh ! les douces paroles !

Quel bonheur de se retrouver !

« C'est ce soir que Pierre arrive, dit la bonne aïeule ; tous les
bonheurs à la fois ! »

Oh ! l'excellent déjeuner que grand'mère a préparé ! et cette
crème au chocolat... elle est délicieuse !

Mais regardez donc le visage d'Henriette ? Est-il barbouillé ?...
L'a-t-elle assez plongé dans son assiette ? Son nez, ses yeux,
jusqu'à ses oreilles qui ont goûté à la crème...

« Va te laver, Henriette ; tu me fais honte ! » dit la jeune
mère.

La pauvre petite, ainsi interpellée sort lentement, la mine
piteuse.

... A peine est-elle dehors, qu'on l'entend crier :

« Maman?... Maman?... Papa!... C'est papa!... Voici papa ! »

De vous dire si toutes les chaises furent poussées vivement et si chacun fut vite debout, vous devinez du reste.

La petite avait dit vrai... M. Pierre Deport gravissait prestement les escaliers.

Il tenait, serrée dans ses bras, sa fille, sa gentille Henriette qui s'était précipitée au-devant de lui et, tout en escaladant les marches, il la couvrait de baisers.

Ah! qu'il prenait peu garde à la crème dont s'était barbouillée l'espiègle enfant...

« Oui, oui, oui... C'est bien moi, mes bons amis ! » dit-il aux siens qui accouraient.

En une minute, il se vit entouré, pressé, baisé... Force lui fut de mettre à terre sa fillette.

« Bonjour ma chère, chère mère... Quelle joie!... Je te retrouve toujours la même! »

Son regard était bien ému en revoyant ces êtres adorés dont son cœur était plein.

« Mon excellent père !... Oh! toujours, va, j'ai, présents dans mon cœur, les exemples d'honneur et de travail que tu m'as donnés.

« Et toi, ma Louisette, ma chère femme, ma douce et fidèle compagne, il me semble qu'il y a un siècle que je ne t'ai vue...

« Te voilà aussi, mon bon Louis, mon cher vieux camarade !...

« Mais quelle joie, quelle joie de vous revoir tous !... Oh ! mon petit Jacques ! et toi, petite Marie ! Et toi le Marin !... Mon Dieu, mon Dieu, que je suis donc heureux !... »

Après le temps consacré aux premières caresses, Mme Deport, qui avait fait asseoir son fils auprès d'elle et qui veillait pieusement à ce qu'il déjeunât bien, lui dit :

« Mais, mon cher enfant, nous ne t'attendions que ce soir par le train de huit heures ; quelle bonne surprise tu nous as faite là.

— J'étais si désireux de te revoir, maman, de vous revoir tous (et son regard aimant s'arrêta sur chacun des siens), que j'ai bâclé quatre à quatre les préparatifs qui me restaient à faire. Au lieu de passer la nuit dans mon lit, elle s'est écoulée mi-partie à finir quelques écritures et mi-partie en chemin de fer... une demi-journée de gagnée, cela vaut la peine de se gêner un peu...

« Eh ! bien, petite Henriette, qu'avons-nous fait de notre langue ? N'avons-nous rien à dire à papa ?

— Oh ! que si ! papa... Yves s'est noyé...

— Comment, noyé ? mais le voici !

— Ça ne fait rien, papa ; il s'est noyé tout de même, un jour qu'il était puni. La marée a porté la barque à Tombelaine qui lui a fait un grand trou dans la tête. Maman et l'oncle Louis sont allés le chercher et, parce qu'il avait été très malade, tout le monde pleurait ; il avait désobéi, il a manqué mourir, le pauvre Yves !... C'est pas comme le petit chamois ; il est mort, pour de vrai lui. J'avais un grand chagrin ! Mais, dis, est-ce que tu m'apportes quelque chose de Paris?... Grand-père, lui, m'a rien apporté quand il est venu à Avranches !

— Voyons, voyons, petite, que me contes-tu là? dit le papa en la plaçant entre ses jambes... Ton discours est vraiment trop incohérent ; je n'y comprends rien, rien, rien !... La marée, Tombelaine qui crève la tête à la barque, Yves noyé, grand-père à Avranches, ton chagrin, le petit chamois, ouf ! ouf ! J'aimerais mieux déchiffrer les hiéroglyphes d'un obélisque, que le sens de tes récits. »

Pendant cette réponse du papa, Mlle Henriette, sans se laisser intimider, perquisitionnait dans les poches du voyageur. Nous avons déjà dit combien cet acte est indiscret !

Ne faites jamais cela, petits lecteurs.

« Voilà ce que c'est, oncle Pierre, » dit Yves. Et il se confessa courageusement, sans chercher ni excuse ni atténuation à ses fautes vraiment très graves.

Il termina en disant :

« Étais-je assez niais de ne pas vouloir apprendre le latin?... Je désire de toutes mes forces, si papa ne s'y oppose pas, entrer à l'Ecole navale du Borda.

« Or, pour cela, il faut prendre part à un concours (un concours est toujours bien plus difficile qu'un examen).

« A ce concours on exige du latin : Virgile, Cicéron, les *Narrationes*, etc... Donc il faut que je m'y mette résolument ! Qui veut la fin, veut les moyens.

« J'étais comme un voyageur, très pressé d'atteindre un

but, et qui refuserait de monter dans le wagon desservant directement ce but.

— Tiens, tiens, pas bête ce voyageur ! S'il refuse le wagon, c'est qu'il veut monter en ballon... le ballon de Chicago, dit Jacques, ça va plus vite !

— Oh ! les enfants insoumis, c'est terrible, terrible ! continua M. Pierre Deport ; avec eux, l'on est toujours dans les transes ; toujours on a quelques frasques à redouter. Enfin, te voilà assagi, mon garçon, tant mieux... Ton imprudence, qui eût pu avoir des conséquences bien tristes, a servi, au moins, à te dessiller les yeux et, comme dans les contes de fées, tout est bien qui finit bien. »

Quelques instants après, les parents qui avaient à traiter de questions graves et sans aucun intérêt pour les enfants, invitèrent ces derniers à aller renouer connaissance avec les arbres et les fleurs du jardin.

A peine furent-ils dehors qu'Yves, bien à l'abri des rayons brûlants du soleil, sous un marronnier touffu, appela Marie, Henriette et Jacques.

Pendant un quart d'heure, ce furent des chuchotements sans fin...

Que se passait-il donc ?

« Puisque l'oncle Pierre nous a fait une si agréable surprise en arrivant ce matin, à nous de lui en faire une pour ce soir. Voici ce que je vous propose :

« Une fête nautique avec illuminations, pétards et retraite aux flambeaux. Sur une grande banderole blanche, Marie écrira en rouge :

Vive l'illustre chevalier de la Légion d'honneur !

de chaque côté de cette inscription il y aura deux nœuds rouges figurant la décoration.

— Une fête nautique ! alors ce sera sur l'eau ? Mais nous n'avons qu'une barque, dit Jacques, et encore n'est-elle pas très jolie.

— On la pavoisera ! Tout autour, nous mettrons une bordure de terre glaise recouverte de mousse et de fougère et, dans cette terre glaise, nous fixerons des coques de noix que nous aurons, au préalable, remplies de saindoux, en ayant soin d'y introduire, bien au milieu, une courte ficelle qui servira de mèche. Puis,. pour que ce soit plus décoratif, Marie et Henriette tiendront, en l'air, les rames sur la palette desquelles nous tracerons avec des fleurs et des lampions les initiales

P. D.

Quand toutes les coquilles seront allumées, nous tirerons des pétards et des fusées... Ce sera magnifique ! ! ! »

La proposition d'Yves rallia tous les suffrages et sans discuter plus longtemps, l'on se partagea la besogne.

A Jacques, la recherche et l'arrangement des coquilles de noix ; à Henriette, la cueillette de la mousse et des fleurs ; à Marie, la confection de la banderole ; à Yves, le décor très compliqué de la barque et l'achat des « pièces d'artifice » !...

A l'heure du dîner, tout était mis en place, tout était achevé avec un goût parfait et la soirée s'annonçait délicieuse !

« Lorsqu'il fera tout à fait nuit, nous les attirerons tous par ici, dit Yves ! ils ne se doutent de rien.

« Oh ! quelle surprise !...

— Si nous faisions notre journal, continua Jacques, on pourrait nommer cette journée, la « journée des surprises ».

Marie et les deux garçons avaient bien recommandé à Henriette d'être discrète et de ne rien laisser deviner.

La petite avait répondu par de solennelles promesses et, pour être bien sûre de ne rien divulguer, elle s'était dit : « Je n'ouvrirai pas la bouche ! »

On en était au dessert qu'elle ne l'avait encore ouverte que pour manger. Muette !... elle était toujours muette ! Hein ! Quelle force de volonté !

« C'est étrange, dit l'oncle Louis, que se trame-t-il ?... Remarques-tu, Pierre, ces mines de conspirateurs que prennent les enfants ? Et ces regards en dessous ! et ces sourires énigmatiques ! et, plus que tout cela, le mutisme d'Henriette qui, habituellement, a la langue si bien pendue !... Pourquoi ne parles-tu pas, petite ?

— Ah ! voilà !...

— Comment ? « Ah ! voilà !... » mais ce n'est pas une réponse, cela. Est-ce la joie de revoir ton papa qui te paralyse la langue !

— Oh ! non... C'est parce qu'il y a une grande fête, ce soir, pour toi et qu'on m'a bien défendu de le dire, puisque c'est une surprise ; et, comme j'ai promis de ne pas le dire, et que je veux tenir ma promesse, pour ne pas me laissser tenter, je ne parle pas.

— Oh ! la sotte !... Oh ! la sotte ! » gémirent les deux garçons en s'arrachant les cheveux de désespoir.

Les parents riaient sous cape de la naïveté d'Henriette qui

n'en revenait pas de produire deux effets si différents : d'un côté le désespoir ; de l'autre, l'hilarité.

« Qu'est-ce qu'il y a, Marie ? » demanda-t-elle toute honteuse et prête à pleurer en allant se blottir dans les bras de la grande cousine.

— Rien.

— Mais si ! Pourquoi qu'ils rient et pourquoi qu'ils s'arrachent les cheveux ?... J'ai encore dit une bêtise ?... Cependant j'ai pas parlé du bateau ni des illuminations ni des pétards ! »

Les malheureux garçons étaient à la torture !

Mais les parents sont très fins, très bons et très adroits, lorsqu'il s'agit d'éviter un chagrin à leurs enfants. Ils firent donc semblant de n'attacher aucune importance au verbiage d'Henriette.

« Oui, dit M. Pierre Deport, reprenant sa conversation interrompue, cette photographie des couleurs dont on parle beaucoup en ce moment, produira une incontestable révolution dans les arts... »

Les enfants jetaient un regard plein de défiance sur les grandes personnes... « Jouent-ils la comédie avec leur photographie des couleurs et leur révolution, ou n'ont-ils rien compris ? »

Le calme, la placidité du narrateur les déroutaient ; néanmoins, ils jugèrent plus prudent d'arrêter net leurs jérémiades et de remettre à plus tard les vifs reproches dont ils voulaient confondre l'étourdie.

. . . .

Enfin, voici les étoiles qui scintillent au firmament. Déjà le soleil est bien loin, vers d'autres contrées qui s'éveillent aux rayons de cet astre de chaleur et de vie...

Ici, la nuit est douce, tiède pleine de bruits timides et de parfums légers...

Vite, vite, les petites mèches, allumez-vous ! Et vous, pétards, pétaradez? Soyez dociles, sveltes fusées! songez au peu d'expérience des jeunes artificiers.

.   .   .   .

On est allé chercher l'oncle Pierre, le HÉROS de la fête : le voici qui s'avance gaiement avec tous les siens.

Il arrive sur les bords de l'Orne, s'arrête... aperçoit la barque si ingénieusement illuminée, si gracieusemnnt pavoisée.

« Oh! s'écrie-t-il, que c'est joli! Que c'est joli!...

« Frrout ! frrout ! frrout ! »

C'est une magnifique fusée qui va se perdre dans les arbres, et puis une autre! Une autre ! Une autre !...

Frrout! frrout! frrout!

Les parents poussent des cris admiratifs; on les entend à peine, car les pétards font un bruit d'enfer. Charmant! Charmant! Tout l'ensemble est d'un goût exquis! Oh ! les deux fillettes qui tiennent gracieusement les rames sur lesquelles les fleurs et les coquilles lumineuses dessinent les chères initiales! Oh ! les minces coquilles de noix avec leurs petites lumières falotes, tremblotantes, entourant la barque d'une drôle de clarté indécise

comme ces lumières qu'on aperçoit en rêve... Tout cela est
féerique !

Ça y est !... Tous les pétards ont pétaradé !...

Toutes les fusées se sont élevées gracieuses !

Les munitions sont épuisées...

« Bravo ! Bravo ! Bravo ! » s'écrient les parents. D'un mouvement joyeux, les mains, se frappent dans l'air, et les mamans, un

peu émues, déclarent que c'est une fête ravissante, fort bien ima-
ginée et réussie à souhait.

« Il y manque la musique, tranche monsieur Jacques, qui a
tenu les rames pour ramener la
barque à bord ; dommage que le
piano de Marie soit si lourd ! »

. . . .

Allons, c'est bien la fin de cette
jolie fête ; les petites lampes s'é-
teignent une à une ; la fraîcheur
devient humide...

« Rentrons, mes chers enfants,
dit la grand'mère, rentrons ; si nous
restons au bord de la rivière plus
longtemps nous nous refroidirons ;
mais, pour terminer dignement votre

fête et m'y associer, je mets à votre disposition des sirops et des
gâteaux dont vous nous ferez les honneurs. Marie pourra nous
jouer quelques airs de danse ; lorsque vous aurez bien remué,
polké, fait les fous, vous irez vous coucher pour faire de beaux
rêves. »

Les enfants, sautaient de la barque, sur la rive, lorsque
Henriette s'écria.

« Yves, où as-tu la tête ? et la *retraite aux flambeaux*? L'ou-
blies-tu ? »

L'écervelé ! Il l'oubliait en effet.

20

Trois lanternes vénitiennes, attachées à trois bâtons préparés à l'avance, furent tenues par les deux garçons et par la petite fille. En avant, marchait Mlle Marie qui portait l'étendard.

« Faut chanter ! » commanda la petite espiègle, et aussitôt elle entonna :

« Au clair de la lune. »

Tous, donc, rentrèrent « Au clair de la lune ».

— Et les grands-parents et les parents, chantaient-ils aussi ?

— Oui... Je crois qu'ils chantaient aussi.

O ! jeunesse, jeunesse !... que ta franche gaîté est communicative !

CHAPITRE XII

SÉPARATION !

Les jours suivants, jusqu'au départ, furent d'heureux jours passés tout entiers au grand air ; sans souci, sans contrainte ; de vrais jours de vacances.

Le lendemain de son arrivée, M. Pierre Deport avait offert à chacun des enfants les cadeaux qu'il leur réservait. Il était temps !

« J'peux plus attendre !... » disait ? ? ? Vous devinez qui ?

A Henriette, une poupée ravissante, très blonde, très frisée, très peinturlurée, très enrubannée, avec des volants par-ci, des dentelles par-là et qui disait *Papa, Maman;* puis pleurait lorsqu'on la couchait, « hi! hi! hi ! »

Pour obtenir ces diverses manifestations, pas n'était besoin d'avoir son diplôme de docteur ès sciences ; il suffisait de tirer une ficelle qui pendait entre les jambes du jouet et « *Couic! couic !* » la musique parlait.

Henriette, pendant huit jours, adora sa fille. Elle ne dormait et ne mangeait bien qu'en compagnie de « Lilie, » puis elle s'en lassa et bientôt il en fut de cette Lilie comme de toutes les autres Lilies...

Quant à Marie elle fut traitée en grande fille. Son oncle lui offrit les principaux chefs-d'œuvre, magnifiquement reliés, de son compositeur préféré, de celui qu'on appela « le dieu de la symphonie », de Beethoven.

Elle reçut les trente-cinq sonates du Maître et ses neuf symphonies, parmi lesquelles se trouvent les trois chefs-d'œuvre incontestés de la musique moderne ; nous parlons de la symphonie en *Ut mineur*, de la symphonie *héroïque* et de la symphonie *pastorale*; trois compositions d'une perfection si achevée et d'une telle élévation que « rien ne les a jamais égalées dans la musique instrumentale ».

Marie ne savait plus comment remercier son excellent oncle...

« Depuis si longtemps que je désirais avoir ces morceaux! Comment, mais comment avez-vous fait, oncle Pierre, pour deviner si juste?

— J'ai pensé à ton goût marqué pour la musique, pour la

grande musique, et j'ai deviné tes sympathies pour le puissant Beethoven.

Yves et Jacques regardaient les deux fillettes ainsi comblées, et comme ils ne voyaient plus rien dans les mains du donateur, ils pensaient :

« Et nous?... Aurions-nous été oubliés ? »

Oh ! que non ! Ils n'étaient pas oubliés.

De ses poches M. Deport tira deux petites boîtes.

« Tiens, Yves... Tiens, Jacques...

— Oh ! les jolies montres en nickel, avec, dans le grand cadran, un autre tout petit, pour les secondes!... Oh ! quel bonheur, quel bonheur ! que nous sommes contents!... que tout cela est bien choisi !... Que pourrions-nous faire pour prouver notre reconnaissance?

— Vous êtes contents? Allons tant mieux, tant mieux, chers petits. Puisque vous avez la bonne idée de vouloir nous prouver votre reconnaissance, je vais vous en indiquer le moyen :

Travaillez toujours à vous rendre meilleurs!

Écoutez les bons conseils que nous vous donnons et qui, tous, concourent à faire de vous des êtres humains aussi complets que possible; c'est-à-dire doués, autant qu'il se peut, d'un bon cœur qui donne la lumière à l'intelligence et l'ardeur à la volonté; doués d'une intelligence lucide et enfin, doués d'une volonté droite et forte, car la volonté, non seulement augmente la force de l'intelligence, mais encore la conduit et la dirige.

— Oui, oui, papa, interrompit Henriette qui n'avait pas très bien compris ces explications beaucoup trop élevées pour elle; oui, papa, nous serons toujours sages et nous ne nous disputerons plus jamais. Vois-tu, c'est Jacques qui n'est pas gentil... toujours il me reprend, il dit que je parle mal; il me taquine toujours!... Est-ce que je peux être sans faute, moi? Est-ce que je suis comme ses dessins?... D'ailleurs, ils sont pas beaux du tout, ses dessins: c'est toujours des locomotives!

— Oh! papa... crois-tu qu'elle est méchante, Henriette?... Elle m'attaque sans cesse et dit du mal de ce que je fais!...

« Est-ce que ça te regarde, p'tite mioche? Joue donc avec ta bête de poupée et ne redis plus les mêmes bêtises, sans ça!...

— Eh bien, eh bien, dit le papa... Au moment précis où vous promettez de ne plus jamais vous quereller, vous recommencez! et c'est précisément votre promesse qui sert de prétexte à l'altercation! C'est très joli, ma foi. Vous mériteriez bien d'être, tous deux, punis avec sévérité.

— Oncle Pierre, interrompit la conciliante Marie, as-tu montré ces cadeaux aux grands-parents, à papa et à tante Louisette?

— Non; je viens à l'instant, de les retirer de la malle.

— Si nous allions les leur faire admirer?... Tout ce qui nous fait plaisir les rend si heureux!

— Allons! »

Henriette et Jacques suivirent, en se faisant tout petits... C'était le cas de se laisser oublier!

Ce fut un concert d'exclamations! Surtout devant les volumes

de la jeune fille qui voulut, tout de suite, déchiffrer une de ses
symphonies ; mais elle n'en put rendre le sublime comme elle le
sentait...

L'exécution de ces morceaux est fort difficile parce qu'ils sont
écrits dans un mouvement très vif ; aussi la jeune pianiste se pro-
mit-elle de les étudier lentement, avec soin, afin de les pouvoir
jouer dans un bon style.

30

« S'il le faut, disait-elle, je répéterai cent fois les passages compliqués, mais je veux arriver à les jouer convenablement. »

. . . .

Hélas ! Hélas !... Pourquoi les vacances ne durent-elles pas toujours ?

C'est le soupir que poussent tous les écoliers quand sonne l'heure de la rentrée, car ils ne comprennent guère que l'étude est une chose sainte, nécessaire, indispensable !...

. . . .

Donc, il vint un jour où nos petits amis se dirent « adieu... ». Les enfants du frère et ceux de la sœur, si tendrement unis par l'amitié se séparèrent en pleurant.

Petit Jacques et Henriette s'en retournaient à Paris avec M. et Mme Pierre Deport.

Yves, le futur élève du *Borda*, et Marie rentraient à Avranches, où leur père allait reprendre ses importantes fonctions de principal du collège. Les deux familles ne devaient plus se réunir avant les lointaines vacances de Pâques.

« Chaque semaine, disait Jacques à Yves, son grand ami, nous correspondrons; nous nous écrirons de longues lettres. Tu me diras tout ce que tu fais, tout ce que tu étudies; si ton latin est toujours aussi ennuyeux à apprendre...

« De mon côté, je t'écrirai ce que je ferai !... J'essayerai de te décrire proprement la tête de mes nouveaux professeurs; si je le peux, je te les dessinerai dans un coin.

— Comment dans un coin ?

— Dans un coin de ma lettre! Cette année, je monterai d'une classe. J'en suis content et pas content, tout ensemble... Pourvu qu'ils soient gentils! Ceux de l'année dernière, oh! ceux de l'année dernière, c'étaient de bons professeurs, ceux-là!... Quelquefois, ils nous racontaient des histoires qui nous faisaient mourir de rire! Mais ils étaient joliment malins, va; là-dedans, ils vous y fourraient toujours quelque chose d'instructif qu'on retenait bien mieux qu'une leçon; parce que, tu sais, une leçon, ça ne s'écoute pas toujours très bien; c'est si ennuyeux!... Tandis que leurs histoires, nous n'en perdions pas un seul mot! Et ce qu'il y avait de plus drôle, c'est qu'après nous avoir bien fait rire, à croire que la classe était en récréation, ils nous faisaient un tas de questions, sur l'histoire ancienne et la géographie; sur Archimède et son « Eureka », sur Galilée et sa lampe de la cathédrale de Pise; sur Pascal et ses lois de la pesanteur de l'air; sur ceci, sur cela... Nous y répondions sans défaillance et c'est alors que nous nous apercevions du tour qu'on nous avait joué et que nous nous disions : « Attrape, mon vieux ! Tu croyais entendre raconter une belle histoire et tu gobais une leçon ! »

Papa dit qu'il faut être très fort et très adroit pour réussir ce *truc*-là. Si mes nouveaux professeurs me racontent encore des histoires, je te les écrirai ; mais à chaque lettre tu répondras?

— Oui, mon Jacques; chaque semaine écrivons-nous... C'est un moyen de diminuer l'absence.

« Oh ! soupirait le jeune garçon en s'approchant de sa tante, comme c'est pénible, lorsqu'on s'aime comme nous nous aimons, d'être obligés de se séparer pour si longtemps!

« Mais notre chagrin qui est cependant bien grand, est peu de chose en comparaison de celui qu'éprouvera mon pauvre père... Qu'il va être triste, à présent que tu ne seras plus là, tante Louisette. Il n'est plus le même du tout quand tu es à Avranches... Oh ! pourquoi ne peux-tu y rester toujours!... »

Quelle fut pénible, déchirante, la scène de la séparation. Les enfants ne pouvaient se quitter; les parents se raidissaient contre la douleur : ce fut avec une tristesse immense qu'ils s'embrassèrent. Les vieux disaient en pleurant :

« C'est tout notre bonheur qui s'en va en même temps!... »

Le frère et la sœur, d'un même mouvement instinctif, se détournèrent l'un de l'autre pour ne pas se laisser voir leurs larmes.

« Adieu, Louis!...

— Adieu, Louisette !...

Oh ! que les séparations sont tristes!...

PLUS TARD

Ici, nous devrions finir cette histoire, chers petits lecteurs, car la vie de nos héros — désormais tout entière aux études — est très uniforme et par conséquent monotone. Les amusantes répliques de Jacques et d'Henriette deviennent rares, et les accidents dramatiques, comme celui de Tombelaine, ne se produisent plus...

Et puis, le but que nous nous étions proposé nous semble atteint : n'avez-vous pas suffisamment fréquenté *les Enfants de Louisette* pour les bien connaître et les aimer... un peu?

Mais c'est précisément parce que vous les aimez que vous vous intéressez à leur sort; nous sommes donc sûre de vous être agréable en vous les montrant *cinq ans* plus tard ; c'est-à-dire au

moment où l'avenir des deux garçons, se dessine très nettement.

Quant aux deux jeunes filles, elles sont bien ce qu'elles pro-
mettaient d'être.

Marie est toujours l'âme de la maison ; elle veille sur son
père avec une tendresse et un dévouement exemplaires ; elle
s'ingénie pour qu'il ne pense pas trop douloureusement à ce
foyer, où manque l'épouse dévouée.

Depuis le départ d'Yves, M. Hubert a de fréquents accès de
mélancolie. Tante Louisette, qui s'en est aperçue, vient souvent
à Avranches voir son frère tant aimé.

On espère, grâce à de puissantes influences, le faire nommer
principal d'un collège à Paris... A Paris ! Ce serait si doux de
vivre dans la même ville, presque de la même vie !

Mais parviendra-t-on à obtenir cette nomination ?

Henriette affirme que c'est très facile ; mais vous savez, les
affirmations d'une grande personne de onze ans !...

Ne médisons pas de Mlle Henriette ; c'est bien toujours la charmante enfant que nous avons connue et qui, certainement,
deviendra comme la cousine Marie, une jeune fille accomplie.

Vous pensez bien, n'est-ce pas, que des vocations aussi nettement déterminées que celles d'Yves et de Jacques ne peuvent
plus dévier. Nous n'étonnerons donc personne en disant que
Jacques n'a pas renoncé à ses *plans* et à ses *locomotives*. « Je
serai comme mon père, un « ingénieur », l'entend-on toujours
répéter, ainsi qu'il le disait naguère, quand il savait à peine

parler. « Je me suis donné une tâche : j'ai quatorze ans, dans quatre ans, je veux entrer à l'École polytechnique. Quel bonheur ce serait pour ma chère maman, pour mon père, pour l'oncle Louis et pour les grands-parents, si je réussissais ! »

Et de fait, le petit homme ne perd pas une minute ; comme sa mémoire, bien qu'un peu lente, est très sûre et qu'il est capable d'une attention très soutenue, il arrive à dépasser des élèves doués d'une intelligence beaucoup plus vive que la sienne, mais qui n'emmagasinent rien.

Les professeurs font grand cas de Jacques et l'aiment ; l'enfant le sent bien, aussi est-il pour eux plein d'une respectueuse et profonde affection.

« Celui-là sûrement n'échouera pas au concours d'admission, si redoutable cependant, parce qu'il a une volonté tenace, un travail régulier et que, dès l'âge de sept ans, il savait ce qu'il voulait et constamment s'acheminait, sans déviation, vers le même but », disent ses maîtres.

Yves, qui a dix-sept ans, est un grand et beau jeune homme ; une fine moustache estompe sa lèvre supérieure et retire à sa physionomie ce qu'elle avait jusqu'alors conservé de très enfantin.

Depuis l'année dernière, il est à l'école navale du *Borda*, établie en rade de Brest. Cette école est destinée à former des officiers de marine.

Les rêves qu'Yves aimait tant à faire lorsqu'il était enfant commencent donc à se réaliser.

A dix-huit ans, il quittera l'école avec le grade d'aspirant de deuxième classe, et commencera ses voyages au long cours.

Il est heureux, Yves, oh! bien heureux! Il peut la suivre cette vocation qui se manifestait chez lui, dès son très jeune âge et si irrésistiblement.

Néanmoins, parfois une ombre vient assombrir son front: c'est lorsqu'il songe au chagrin que ses longues absences causeront à son père... « Marie, l'ange béni de la maison, est là, se dit-il alors comme pour se tranquilliser ; elle veillera sur l'excellent père et l'empêchera de sentir le poids de la solitude... Marie et tante Louisette... Oh! chère tante Louisette!... Oh! mon bon père! Puissiez vous, un jour, être fiers de votre fils!...

« *Votre* fils ?

« Oui, oui, certes; notre tante n'a-t-elle pas pour nous la tendresse d'une mère? Il ne se trompait pas, mon père, quand il nous disait :

« Tous les quatre, petits, vous êtes les « *Enfants de Louisette !* »

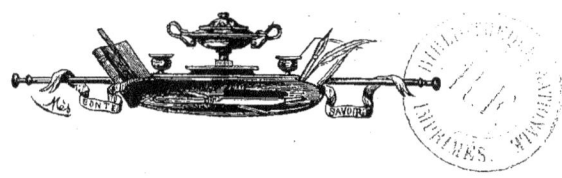

TABLE DES MATIÈRES

CHAPITRE PREMIER

TRAVAILLE, TRAVAILLONS, TRAVAILLEZ !

Yves refuse de faire sa version . . .   1
Est-ce que les matelots parlent latin ?   2
Que je voudrais être mousse ! . . .   4
La jeune Mme Deport   7
L'oncle Louis   7
Yves n'ira pas au Mont-Saint-Michel.   13
Mlle Henriette n'aime plus son oncle.   13

CHAPITRE II

PORTRAITS D'ENFANTS

Marie, la jeune fille modèle.   16
Les études de Marie.   18

Comment on doit étudier le piano. 21
Marie, professeur d'Yves. 21
Yves. 22
Ohé? Carguez les voiles ! 24
Vasco de Gama. — Balboa. — Cortez. — Pizarro. 26
Christophe Colomb. 27
Petit cousin Jacques. 31
Les locomotives de Jacques. 33
Henriette 33
La logique d'Henriette. 34

CHAPITRE III

LE MONT-SAINT-MICHEL

Triste départ. 39
D'Avranches au Mont-Saint-Michel en break. 42
Un déjeuner au Saint-Michel. 45
La visite à l'abbaye. 46
L'îlot de Tombelaine. 49

CHAPITRE IV

FOLLE ÉQUIPÉE

Eh ! Allez donc, vieux radoteur !. 53
La mer ! Oh ! se sentir battre par son écume blanche !. 59
Yves est seul. 61
Yves s'évade. 63

CHAPITRE V

YVES

Yves est sur les grèves. 66
Il s'empare d'une barque. 68
Le reflux. 72
Abordage à Tombelaine. 77

CHAPITRE VI

PAUVRES PARENTS

De quelle espèce, ce nouveau Robinson ?. 79
Yves est reconnu. 82

Le pêcheur Kardëc. 84
Au secours d'Yves. 89
Oh ! Louis, regarde !. 91
Pauvre Yves. 93
Triste retour. 96

CHAPITRE VII

L'INQUIÉTUDE

Yves est en danger. 97
Jacques ne songe plus à ses locomotives. 98
Mélancolie d'Henriette. 101
Marie ne se laisse pas abattre. 101
Visite du médecin. 103
Yves vivra. 104
Une dépêche. 107
Arrivée du grand-père. 113

CHAPITRE VIII

HOSANNA !

Yves est sur pied. 119
Il pleut. 123
Une querelle. 125
Grand-père, contez-nous une histoire. 129
Henriette s'explique. 130
Votre parole d'honneur, grand-père. 132
Question de préséance. 134
François Coppée. 134

CHAPITRE IX

UN DRAME

Les chamois quittent la Grande-Chartreuse. 139
Mont Saint-Eynard. 140
Aux chèvres ! Aux chèvres. 144
Pauvres petits chamois !. 147
Une boutade d'Yves. 149
Un raz de marée au xvᵉ siècle. 157
Singulier capitaine !. 166

CHAPITRE X

CONTEZ-NOUS CELA!

Oh! grand-père que vous êtes vieux!. 171
Naissance d'Edison. 173
Edison rentre au chemin de fer. 179
Incendie dans un fourgon. 181
Entassez!. 183
Edison journaliste. 185
Edison au télégraphe. 189
Edison mécanicien. 191
Le phonographe. 193
L'éclairage électrique. 194

CHAPITRE XI

OH! QUELLE SURPRISE!

Une lettre. 198
On ira chez grand'mère. 201
Voyages en ballons dirigeables. 203
La traversée de l'Atlantique il y a quarante ans. 207
Les préparatifs d'Henriette. 211
C'est papa! Voici papa!. 215
Une fête nautique. 223
Retraite aux lampions. 225

CHAPITRE XII

SÉPARATION

Mlle Lilie 228
Marie reçoit l'œuvre de Beethoven. 228
Oh! les jolies montres!. 229
Projets de correspondance. 235
Que les séparations sont tristes!. 236
Quatre ans plus tard. 237

9735-95. — CORBEIL. Imprimerie Ed. CRÉTÉ.

Format in-4 écu — Édition de Luxe — 1re Série

Prix, broché .... 5 fr.
— riche reliure anglaise, avec biseaux et fers spéciaux, tranche dorée........ 8 fr.

SIXTE DELORME

LE TAMBOUR DE WATTIGNIES

MAD ET TOBIE

F. MÉAULLE

LE ROBINSON DES AIRS

LE PETIT AMIRAL

PETITE NAGA

MAURICE BARR

MÉMOIRES D'UNE POULE NOIRE

ÉMILE DESBEAUX

LE JARDIN DE MADEMOISELLE JEANNE
BOTANIQUE DU VIEUX JARDINIER
OUVRAGE COURONNÉ PAR L'ACADÉMIE FRANÇAISE

LES POURQUOI DE MADEMOISELLE SUZANNE
Préface de M. Xavier Marmier, de l'Académie française

LES DÉCOUVERTES DE MONSIEUR JEAN
LA TERRE ET LA MER

LES IDÉES DE MADEMOISELLE MARIANNE

LA MAISON DE MADEMOISELLE NICOLLE
MÉDAILLE D'HONNEUR DE LA SOCIÉTÉ NATIONALE D'ENCOURAGEMENT AU BIEN

LE SECRET DE MADEMOISELLE MARTHE
MÉDAILLE D'HONNEUR DE LA SOCIÉTÉ D'ÉDUCATION ET D'INSTRUCTION POPULAIRE

L'AVENTURE DE PAUL SOLANGE

Format in-4° écu — 2° Série

Prix, broché... .. **5 fr.** »
— riche reliure anglaise, avec biseaux et fers spéciaux, tranche dorée......... **6 fr. 75**

Mlle M. MIALLIER

TOUS LES CINQ

Préface de M. SULLY-PRUDHOMME, de l'Académie française

LOUIS ET LOUISETTE

Préface de FRANÇOIS COPPÉE, de l'Académie française
Ouvrage couronné par l'Académie française

LES ENFANTS DE LOUISETTE

LES TROIS COUSINS DE ROSETTE

PAUL COMBES

LE SECRET DU GOUFFRE

AVENTURES D'UN CHASSEUR D'INSECTES

CICA, LA FILLE DU BANDIT

Compositions et texte de HENRI BACON

M. DE BELLOY

CHRISTOPHE COLOMB

ET LA DÉCOUVERTE DU NOUVEAU MONDE

Compositions par LÉOPOLD FLAMENG

ÉDOUARD LABESSE ET H. PIERRET

COLLECTION DE « NOTRE PAYS DE FRANCE »

FLEUR DES ALPES
(SAVOIE)

LE ROI DU BINIOU
(BRETAGNE)

EN CHEMINANT
(AUVERGNE)

VOYAGE DE FAMILLE
(CÉVENNES)

ALBUMS ILLUSTRÉS

Édition de luxe — Format in-4° carré

5 ALBUMS DANS LA COLLECTION

Prix, relié en toile anglaise, fers spéciaux, tranche dorée . . . . **4 fr. 50**

LE SABOT DE NOËL
LÉGENDE
Par AIMÉ GIRON
COMPOSITIONS PAR LÉOPOLD FLAMENG
30 dessins gravés sur bois

Les Enfants de pêcheurs
— Hélène et Léon —
12 Compositions et texte de H. BACON et 25 gravures sur bois de F. MÉAULLE

Messieurs et mesdemoiselles Bébé

CARNET D'UN PAPA, RECUEILLI PAR **MÉAULLE**
12 compositions de VOGEL, gravées sur bois, et 4 aquarelles

Les Campagnes du général Toto
(SCÈNES DE LA VIE MILITAIRE)
Par Émile DESBEAUX
12 aquarelles de H. VOGEL et F. MÉAULLE

Les comédies de l'Enfance

15 GRANDES PLANCHES HORS TEXTE TIRÉES A LA SANGUINE
Gravure de F. MÉAULLE, d'après les compositions de H. VOGEL

Une petite Fille en vacances
Aventures de Mademoiselle SUZANNE au château de sa grand'maman
Prix, relié en toile anglaise, fers spéciaux, tranche jaspée. . **3 fr.**

Envoi franco sur demande du Catalogue illustré

www.ingramcontent.com/pod-product-compliance
Lightning Source LLC
Chambersburg PA
CBHW070509030726
47503CB00004B/1219